La fin du chant

DU MÊME AUTEUR

Dojnaa (L'Esprit des péninsules, 2003)

Belek, une chasse dans le Haut-Altaï (L'Esprit des péninsules, 2000)

La Montagne blanche (Métailié, 2004)

Le Monde gris (Métailié, 2001)

Vingt jours et un (Métailié, 1997)

Ciel bleu, une enfance dans le Haut-Altaï (Métailié, 1996)

GALSAN TSCHINAG

La fin du chant

Traduit de l'allemand
par Dominique Petit et Françoise Toraille

L'Esprit des péninsules

Couverture : © Ève Arnold/Magnum
Conception graphique : Fabien Jékot

Titre original : *Das Ende des Liedes*

L'Esprit des péninsules
4, rue Trousseau, 75011 Paris
Tél. 01 49 23 97 44
www.espritdespeninsules.com
Diffusion et distribution : Harmonia Mundi

Donne ton lait, ton lait blanc, ô Mère !
Éteins le feu, le feu ardent,
Le feu de la soif qui brûle la langue,
La langue de ton pauvre enfant,
Guruj-guruj-guruj !

Claire et solitaire, la voix de la fillette s'élevait, déchirante. Mais la mère, la jument gris bleuté, gardait la posture qui était sienne depuis la veille : tête baissée, yeux clos ; sa lèvre inférieure touchait presque le poulain mort étendu, rigide, pattes dressées vers le ciel comme les branches d'un arbre mort. L'autre, le poulain vivant, semblait découragé, il n'osait plus s'approcher des mamelles de la mère étrangère. Légèrement tremblant, il restait contre son gré là où on le maintenait fermement : sous le ventre de la jument gris bleuté, et il lorgnait tantôt les tétines, tantôt les sabots devant lui, qui s'ils n'avaient été entravés, l'auraient depuis longtemps piétiné, massacré. Par intervalles, les yeux de la jument s'ouvraient et s'emplissaient de larmes tandis qu'une sphère claire et translucide enflait au-dessus de chaque pupille, devenait goutte et tombait en scintillant sur le poulain. Mais les larmes ne naissaient pas du chant. Le but des efforts humains était d'établir un pont entre les larmes qui coulaient depuis deux jours et deux nuits, et le chant qui résonnait depuis les premières heures du jour. Entre-temps, l'après-midi était bien entamé, le chant coulait sans toucher les larmes, gaspillé en vain comme celles-ci. La jument restait inébranlable. Intraitable. L'armure sous laquelle elle avait caché son âme d'animal était impénétrable et cette âme que le chant cherchait à émouvoir était inatteignable. Plus encore : les strophes que l'adolescente, tournée vers la jument, improvisait sous forme de mélodie, étaient non seulement incapables de briser l'armure, mais semblaient s'y accumuler en une sorte de couche protectrice qui renforçait sa résistance. Car on pouvait observer un changement dans l'attitude de la jument : alors qu'au début elle s'écartait d'un bond en hennissant et en jouant des sabots quand elle sentait sur sa tétine les lèvres du poulain étranger, tremblant comme devant un grand danger dès qu'elle flairait son souffle, elle restait à présent immobile et silencieuse, paraissait atone, engourdie et absente.

Donne ton lait, ton lait blanc, ô Mère !
Éclaire la nuit, la nuit noire,
La nuit des âmes qui pèse sur la vie,
La vie de ton pauvre enfant,
Guruj-guruj-guruj !

La jument restait sourde, le corps pétrifié, l'âme glacée, elle était une citadelle imprenable, un roc. Et de ce fait, aux yeux de la fillette, ciel et terre paraissaient eux aussi pétrifiés, la forêt avait beau verdoyer, le fleuve s'écouler, le vent souffler, pour elle, tous demeuraient muets et immobiles. Son chant était impuissant. En réalité, on sait bien que la nature, toute cette grande vie alentour, est insensible à la souffrance d'une mère animale, au destin d'un poulain et aux efforts vains d'un être humain.

Un formidable spectacle se déroulait dans les cieux : des nuages étaient revenus, accompagnés d'oiseaux ; accourus de deux points de l'horizon, les uns et les autres semblaient ne pas vouloir s'apaiser — l'impulsion, l'humeur vagabonde qui les avait poussés jusqu'ici paraissait intacte. Sous la mer de nuages qui s'amoncellent en bouillonnant, les canards gris, les plus petits et les plus vifs de cet essaim bigarré, semblaient au gré de la lumière ou de l'ombre tantôt rayonner de clarté, tantôt se fondre dans l'obscurité, et leur vol illuminait de son éclat enjoué le petit coin de terre qui les avait vu naître et où ils étaient à présent de retour. Les autres espèces, oies rouges et grises, canards rouille, cygnes, mouettes et grues, flottaient elles aussi entre ombre et lumière ; vu d'en bas, de la terre, leur vol avait tout d'un jeu. N'était-ce pas la joie des retrouvailles entre deux formes différentes de l'existence d'une seule et même matière primitive qui s'exprimait ici à travers mouvements et couleurs ? Encore plein de la fougue de sa naissance, de son origine, le fleuve se précipitait vers la vallée avec tumulte et fracas, éclaboussant de sa légère écume étincelante éboulis et arêtes rocheuses, ainsi que les antiques mélèzes bleu sombre, aux cimes nues, qui avaient poussé comme par bravade au milieu du fleuve où ils se dressaient à présent, inébranlables. Telles des taches plaquées sur le flanc nord des montagnes, à l'abri du soleil, les forêts verdoyaient sous des voiles bleus diaphanes et bruissaient, donc vivaient, continuant à relever le défi du temps dans la poursuite de leur existence.

Entre fleuve et forêt, sur le flanc caillouteux de la montagne et sur la rive abrupte, se dressait une yourte solitaire ; c'est là, à quelques pas devant elle, au bord de la haie, que se déroulait la scène décrite au début. L'enjeu de cette lutte entre un être humain et un animal était le destin d'une autre bête, dans un premier temps du moins. Un poulain avait perdu sa mère et une jument son petit, et l'on s'efforçait d'accoutumer l'un à l'autre les esseulés pour sauver la vie du petit animal et apaiser la souffrance de la mère. Jetons un premier regard sur la yourte, ses habitants et leur sort : c'était une yourte hexagonale, c'est-à-dire vaste, imposante, harmonieuse et très claire. Pourtant, on aurait dit qu'il lui manquait quelque chose, sans savoir d'emblée de quoi il s'agissait. Cette yourte appartenait à un homme du nom de Schuumur et à ses quatre enfants ; épouse et mère leur avaient été ravies par la mort un an plus tôt. L'adolescente qui luttait avec la jument s'appelait Dombuk et était l'aînée des enfants, elle devait avoir quatorze ans auxquels s'ajoutaient les neuf mois passés dans le ventre de sa mère et le début de l'année du calendrier lunaire qui venait tout juste de commencer.

Donne ton lait, ton lait blanc, ô Mère !
Apaise l'amère, amère douleur,
L'affreuse douleur dont le cri sort de la gorge,
La gorge d'un pauvre orphelin,
Guruj-guruj-guruj !

Même les rochers du Erik-Arga répondaient par leur écho. Seule la jument restait sourde. Les tétines de ses mamelles gonflées pendaient, vides et froides. La jument était morte, comme morte. Le chant s'interrompit. Dombuk dit : « Ça suffit ! » sifflant plus que ne parlant. Elle leva les yeux vers le ciel, posa ses deux mains à l'arrière de sa tête, là où deux tresses bleu noir dépassaient d'un foulard aux tons passés. Elle plissa les yeux qui formèrent ainsi deux traits sombres et passa sur ses lèvres sa fine langue claire. Elle luttait contre les souffrances engendrées par l'antagonisme de deux forces, la haine et la pitié : haine envers cette mère si dure, envers toute dureté, et pitié pour le poulain orphelin, pour tous les orphelins. « Ça suffit ! » répéta-t-elle, comme une prière ardente, ouvrant tout grand les yeux et grinçant des dents. Ses yeux, noirs à l'origine, avaient commencé à prendre un reflet brun fauve, comme chez toutes les jeunes filles touvas aux cheveux noirs lorsque leur corps se met à se transformer en prévision de leur existence de femme. Mais à présent, ils semblaient de nouveau noirs, noirs et anormalement grands. Ça suffit : voilà qui signifiait momentanément une défaite. Or justement à cause de cela, ce devait être une décision lourde de conséquences pour la jument apparemment résolue à s'abîmer dans son deuil profond.

« Dongur et Tasaj ! » appela Dombuk, quasiment avec l'autorité d'une aïeule, et pourtant du ton éperdu d'une enfant. Deux garçons d'environ cinq et huit ans répondirent à cet appel et surgirent au même moment de la yourte, de part et d'autre de la portière en feutre. Ils arrivèrent en courant, comme pleins d'une joyeuse impatience. Une fois sur place, ils échangèrent un regard, retinrent leur souffle haletant, se firent muets et tout petits. C'est souvent le destin d'une sœur aînée de jouer le rôle maternel auprès des cadets. Elle voit dans l'accomplissement des devoirs d'une mère et dans la reconnaissance de ses droits le couronnement provisoire de ses buts dans l'existence. Ainsi en allait-il pour Dombuk. Il était donc parfaitement naturel qu'elle ait observé d'un œil inquisiteur le comportement de ses deux jeunes frères. Or, bien qu'elle ait remarqué avec désapprobation qu'ils s'étaient bousculés pour franchir le seuil en même temps, alors qu'il convient de sortir posément l'un après l'autre, elle fit comme si de rien n'était. Et pourtant Dongur, le plus âgé des deux, aurait dû donner l'exemple, au lieu de surgir du mauvais côté, du côté droit de la porte, faute qui aurait largement justifié qu'elle le réprimande.

« Il faut abattre cette charogne ! » dit-elle à ses frères d'un ton sans appel, puis tournée vers la jument : « Tu commences par bouffer ta propre descendance, et voilà que tu veux aussi la perte du rejeton d'une autre mère, bien meilleure que toi, vieille carne ! »

Tout en parlant, elle s'emportait de plus en plus ; écumant de rage, elle se mit à hurler : « Si c'est ce que tu t'imagines, tu vas voir, toi qui n'es bonne qu'à nourrir les loups ! On va t'attacher les quatre pattes à t'en faire craquer les os ! Je te ferai plutôt crever que de te laisser bouffer aussi l'autre poulain, malheureuse ! Nous avons enterré notre propre mère dans la terre froide et noire, l'abandonnant aux vers. Nous n'aurons aucune pitié pour toi, aucune compassion, tu vas voir, tu ne seras plus que de la merde de loup ! » Hurlant de plus en plus fort à chaque mot, elle finit par étouffer sous les larmes.

Ses frères livides, terrifiés, observaient leur aînée. Sur un signe d'elle, ils s'approchèrent de la jument. Agiles et solides comme de jeunes loups, ils eurent tôt fait d'entraver la bête et de la flanquer à terre d'un seul coup. Tel un arbre qui aurait longtemps hésité avant de s'abattre, elle s'écroula inerte. Tandis qu'on rapprochait et liait ses pattes avant et arrière, elle n'opposa aucune résistance. Tout ce qu'on lui faisait paraissait lui être indifférent, elle gisait comme anesthésiée, comme privée de vie. Seuls ses yeux en éveil restaient fixés sur le poulain mort. Ils semblaient continuer à veiller sur lui jusque dans la mort, débordant de peur et d'amour. Leur regard exprimait un sentiment d'une profondeur telle qu'il ne pouvait émaner que d'une grande force toujours présente.

Les enfants entravèrent la jument aussi solidement que lorsqu'il s'agit de ferrer les sabots d'une bête ou de l'abattre. C'est Dombuk qui tint les pattes fermement pour les lier ensemble avec la lanière résistante en cuir de yak. En accomplissant cette tâche, elle ressemblait plus à un homme qu'à une femme. Dongur aux cheveux clairs, l'aîné des deux frères, aidait sa sœur avec la soumission d'un chien ; preste comme la belette, il ne lui manquait plus que la force de l'ours, qu'il aurait tant aimé posséder. Le second, Tasaj aux cheveux noirs, tirait sur le licou qui enserrait la tête de la jument, alors même qu'elle gisait sans résistance. Puis ils allèrent chercher le poulain vivant et le traînèrent à reculons tout contre l'arrière-train de la jument. Les deux bêtes étaient ainsi allongées queue contre queue.

Ce qui se déroula ensuite revenait pour l'être humain à intervenir dans les lois de la nature : Tasaj souleva de force la queue de la jument et Dongur s'accroupit, penché en avant ; tenant coincées sous chaque bras deux des pattes du poulain, il s'appuya de tout son poids contre le ventre du petit, tandis que Dombuk entourait de sa queue l'index et le médium de sa main gauche pour les introduire dans le vagin de la jument. Elle agissait à la fois avec force et habileté ; dès que la queue du poulain pénétrait de la largeur d'un doigt, la main reculait, reprenait la queue et la poussait en avant ; les trois enfants accomplissaient leur tâche avec acharnement, soupiraient et haletaient. La jument elle aussi soupirait et geignait, le corps parcouru de soubresauts, mais ses tressaillements ne pouvaient empêcher les enfants de poursuivre leur entreprise. Aussi restait-elle là, sursautant et soupirant, mais même à présent, ses yeux ne cessaient de fixer d'un regard clair et chaud son propre petit, le poulain mort. Maintenant, la queue du poulain était enfoncée jusqu'à sa racine dans le vagin de la jument. Les garçons lancèrent un regard interrogateur à leur sœur qui se releva, baissa les yeux sur la jument allongée et se mit à chanter :

Donne ton lait, ton lait blanc, ô Mère !
Voici le petit sorti de ton corps brûlant,
Chair de ta chair, sang de ton sang,
C'est le tien, ne l'oublie jamais,
Guruj-guruj-guruj !

C'était un chant difficile, nerveux et saccadé. Dombuk n'attendit même pas une éventuelle réaction de la jument, elle jeta un ordre bref : « On continue ! » Cela voulait dire rapprocher à présent le corps du poulain du vagin de la jument et le frotter tout entier contre lui. Il fallait lui faire prendre l'odeur de la mère. Ils laissèrent le poulain se relever, une fois tout trempé. Les garçons l'emmenèrent dans une direction cachée à la jument, puis ils firent un détour afin de le ramener derrière la yourte. Ils l'y attachèrent à un pieu. De retour, ils emportèrent le poulain mort pour le déposer lui aussi au même endroit, mais ils s'y prirent autrement, ils le traînèrent par le chemin le plus direct, sans se presser et de manière ostentatoire. Une fois un peu éloignés de la yourte, ils dépouillèrent l'animal et recouvrirent le poulain vivant de sa peau encore humide, queue comprise, attachant le tout solidement. Ils obéissaient ainsi aux ordres de leur sœur. La jument qui était restée auparavant immobile, comme privée de vie, le regard cependant fixé sur son poulain mort, veillant sur lui dans la mort et même au-delà, se mit à se débattre, faisant appel à ses dernières forces. Elle commença à s'alarmer lorsque les garçons empoignèrent le poulain mort par les pattes : un tressaillement la parcourut toute entière, sa tête se redressa violemment, retombant aussitôt lourdement sur le sol, un hennissement pitoyable retentit ; elle recommença et recommença jusqu'à parvenir même à se hisser sur ses pattes entravées. Elle resta ainsi debout un moment, le corps tremblant, la gueule en sang, les yeux ardents et affolés. Elle aurait peut-être tenu ainsi plus longtemps si elle n'avait pas voulu plus, si elle s'était contentée de trouver un équilibre et de le conserver. Mais elle voulait davantage, elle voulait se précipiter à la suite de son poulain entraîné loin d'elle, elle tenta donc de bondir et retomba. Elle ne parvint pas à renouveler son précédent exploit. Pourtant, elle ne cessait d'essayer et d'essayer encore de se remettre sur ses pattes. Elle faisait un tel effort que ses articulations grinçaient, ses os craquaient, ses tendons et ses muscles frémissaient sous sa peau en formant des centaines de nœuds ; sa tête se dressa brusquement, puis retomba sur le sol ; on entendit un hennissement, tel un cri de désespoir, un appel au secours peut-être. Mais tout, tout était vain. La lanière en cuir de yak qu'on avait exposée au gel, comme il se doit, puis trempée longuement dans la graisse de loup et assouplie progressivement sous les coups légers et réguliers d'une racine de bouleau, ne cédait pas. En revanche, les pattes de la jument étaient en sang, sa peau blessée par le frottement de ce lasso d'une invincible résistance : la volonté d'une mère de défier à tout prix le destin n'était pas de taille contre pareil lien.

Dombuk observait la scène. Elle se faisait l'effet d'un juge. Satisfaction et pitié l'envahirent. Pour finir, ce fut la pitié qui l'emporta sur la satisfaction dans la frêle poitrine de la fillette, et elle ordonna à ses frères d'approcher. Il était temps de délivrer la jument de ses entraves. Mais la libérer des liens que cet animal de grande taille avait étroitement resserrés dans sa détresse extrême était un travail terriblement pénible. Des mains d'enfants en étaient incapables. Il fallait qu'un adulte, que leur père arrive. Mais où était-il donc, où était passé leur père ?

Schuumur était en chemin depuis des heures et cela faisait longtemps déjà qu'il avait hâte de rentrer. Mais il ne voulait pas revenir sans bêtes de somme. C'est d'ailleurs pourquoi il avait dit le matin même à ses enfants qu'ils resteraient tous là, sans doute pour y passer l'été. Il avait jeté ces paroles d'un ton fâché, en réponse à Dombuk qui demandait avec impatience combien de temps ils allaient vivre encore aussi seuls, loin des yourtes et des gens. Tout en parlant, il avait mis son fusil à l'épaule et s'était élancé sur sa selle. Mais par la suite, en route vers les marmottes des trois Chörleet, il avait croisé un cavalier qui remontait la vallée. Et ce dernier lui avait appris que Gulundshaa se dirigeait vers Erik-Arga avec sa yourte. Le cavalier le lui avait dit comme en passant, tout en tripotant la courroie à l'arrière de sa selle, mais il lui avait jeté un regard de biais en esquissant une grimace. Et ce regard, cette grimace avaient l'air d'une question : Alors, tu es content ?

Pour Schuumur, la nouvelle fut comme un éclair dans un ciel serein. Il s'éloigna sans mot dire, le souffle coupé. Il ne retrouva ses esprits qu'à quelques longueurs de lasso. La première idée qui se présenta à son esprit fut : Fuyons ! Cette idée se renforça : s'en aller, s'échapper ! Le plus vite possible ! Mais où trouver sans tarder les bêtes de somme, trois chameaux, ou plutôt quatre, à défaut six bœufs, voire des chevaux ? Et s'il dénichait des bœufs ou des chevaux, qui les chargerait ? Il quitta bientôt le chemin pour s'éloigner vers la droite en direction des deux Doshangty. Il poursuivit ensuite vers Charaaty, dans la vallée derrière la crête, où se trouvait le centre du pays. C'est là où s'étaient toujours installés la plupart des *aïls*. Schuumur avait décidé d'y demander des bêtes de somme à des parents ou connaissances.

Il était né dans cette partie de l'Altaï occupée plus tard par des Kazakhs et des Urianchais, puis par des Kazakhs, des Russes et des Chinois et pour finir quasiment par des Chinois seulement. Il était l'aîné des trois fils de Gonsat, de la tribu des Chara-Chöjük ; doté d'une bonne constitution, il connut une enfance brève. Il avait encore ses dents de lait lorsqu'il confia à ses plus jeunes frères le troupeau de moutons dont il avait la garde pour se consacrer essentiellement à la chasse. À l'âge de onze ans, il tua une marmotte d'un coup de poing sur le museau. Fuyant son père qui l'avait blessée et mutilée, la bête avait cherché refuge auprès de l'enfant : elle avait rampé jusqu'à lui et s'était glissée sous son *lawschak*. C'est peut-être l'instinct qui avait fait croire à l'animal qu'il pouvait attendre un secours d'un être encore jeune. Mais celui-ci l'empoigna par la nuque de la main gauche et lui flanqua de la droite un coup sur le museau. Avant de serrer son poing, il avait pris au creux de sa main un caillou de la taille d'une crotte de chameau, puis il avait bien visé. Le coup fut mortel. Le père avait assisté à la scène sans mot dire. Schuumur non plus n'en parla pas, ni sur le moment, ni une fois rentre chez lui. Cette année-là, on lui donna sa première arme à feu, une Schyitin, comme les gens disaient, et il eut droit aussi à son propre cheval. Gonsat avait acheté la carabine à un négociant russe en échange de cinq yaks adultes, quant au cheval, un alezan de trois ans, il faisait partie de ceux du troupeau destinés à n'être à aucun prix vendus ou échangés. La joie de Schuumur fut grande, de loin la plus grande qu'il eut jamais éprouvée et éprouverait jamais, mais une fois encore, il ne dit mot, resta sombre et renfermé. Il avait seize ans quand il lui fallut se marier. La femme qu'on mit dans son lit s'appelait Dshajnaasch ; âgée de tout juste quinze ans, elle avait des cheveux clairs comme le soleil. Il aurait volontiers refusé de la prendre dans son lit, mais ne le fit pas, sachant bien que cela n'aurait eu aucun sens. Longtemps, il ne put s'habituer à elle, mais il ne voulait pas non plus la tenir à distance : ne lui avait-elle pas été donnée ? D'ailleurs, elle ne lui était pas indifférente, surtout la nuit quand il ne voyait ni ses cheveux jaunes ni ses yeux ronds de chouette aux reflets verts. Il sentait trembler légèrement son corps ferme et chaud et en éprouvait parfois de la joie. Une nuit, il lui sembla remarquer un petit renflement au milieu de ce corps mince de jeune fille, juste au-dessus du bas-ventre. Le renflement demeura et augmenta ; longtemps, il se demanda s'il devait en être triste ou joyeux. Vint l'enfant, une petite fille. C'est lui qui l'accueillit dans la vie. Cette chose gluante et sanguinolente entre les mains, il resta un instant comme pétrifié par la peur et le dégoût. Mais elle poussa un cri et se mit à gigoter. Cela dut susciter en lui un sentiment jusqu'alors inconnu, car dégoût et peur furent comme balayés. Il lui sembla sentir couler dans ses veines du feu au lieu du sang. Et c'est avec l'amour d'un père qu'il s'occupa du nouveau petit être. Ce ne lui fut pas plus difficile qu'à tout autre membre de cette tribu de bergers : qui n'avait pas déjà aidé une brebis ou une femelle yak à mettre bas, à faire naître plus d'un agneau ou d'un petit yak, essuyant les mucosités sur leur gueule et coupant le cordon ombilical ? Qu'il s'agisse d'hommes ou de moutons, la vie dans ses grandes lignes était soumise à une seule et même loi.

Comme cela fut dit plus tard, l'amour paternel de ce garçon encore mineur était en soi plein de contradictions et de troubles. Le premier se manifesta lorsque Schuumur s'aperçut de la couleur des cheveux de son enfant. Ils étaient clairs. Des cheveux jaunes, constata-t-il chagrin, plein d'amertume et de déception. Certes cela passa, car il comprit que l'enfant ne pouvait rien à la couleur de ses cheveux et de sa peau, personne n'y pouvait quoi que ce soit.

Mais l'idée que son propre sang n'eut pas été déterminant pour la fillette, et que les enfants à venir seraient marqués eux aussi par la mère, lui revenait sans cesse, comme une douleur lancinante.

Forçant son cheval, Schuumur remontait la gorge étroite et raide du haut Doshangty. Le hongre blanc s'arrêtait régulièrement de trotter pour souffler bruyamment. Il était fils de la jument grise sur le dos de laquelle Dshajnaasch était venue chez lui. Cette jument de trois ans, ainsi que son harnais et les sacoches emplies de vêtements accrochées à la selle, avaient constitué sa dot. À l'époque, l'animal avait une robe presque noire où seuls quelques poils plus clairs laissaient présager qu'avec le temps elle s'éclaircirait pour devenir un jour toute blanche. Elle porta de nombreux poulains, le dernier étant le cheval blanc que Schuumur chevauchait maintenant. Devenue vieille, elle put vivre un an à sa guise, livrée aux vents du ciel. Durant cette unique année de liberté, elle reprit des forces et assez de poids pour son âge. C'est alors qu'elle fut abattue à la demande de Dshajnaasch. Au début, Schuumur dédaignait la jument tout comme sa propriétaire. « Pourquoi le vieux n'a-t-il pas donné au moins un hongre à sa fille ? » disait-il plein de haine envers son beau-père, tout en regardant d'un œil mauvais la jeune jument à la queue maigre et aux membres grêles. Mais bientôt, il la chevauchait pour aller à la chasse. Par pure méchanceté. « Tu vas vite voir que tu n'es pas à ta place, ma petite », lui disait-il en ricanant tandis qu'ils s'éloignaient. En effet, elle n'était pas habituée à être montée et obéissait encore avec maladresse. Mais une fois ces petites difficultés surmontées, la jument fit preuve de toutes les qualités d'un coursier : elle était rapide, solide et résistante. Et d'un naturel tout à fait accommodant. Un seul voyage suffit à Schuumur pour le reconnaître. Il lui fallut en revanche des années avant d'être capable de s'apercevoir des vertus de sa femme.

La gorge devenait de plus en plus abrupte. Le hongre blanc, fils de la jument grise, suait et soufflait, mais son cavalier le poussait sans relâche, l'obligeant à garder le trot. Schuumur lui aussi suait et haletait ; profondément malheureux de devoir harceler ainsi le cheval, il se sentait coupable aux yeux de Dshajnaasch et de la jument grise. Mais il n'avait pas d'autre solution que de filer grand train, éreintant sa monture et lui-même. « Éloignons-nous de Erik-Arga et de Gulundshaa, disait-il en pensée à son hongre blanc, puis je te dessellerai et tu seras libre jusqu'à la première neige… »

L'enfant mourut à l'âge de quatre mois. Ce fut un événement inconcevable pour Schuumur. C'était la première fois qu'il était ébranlé, et errait, abattu, à travers l'existence. Il ne s'agissait pas seulement de la tristesse naturelle qu'éprouve un père en perdant son enfant, non, sa conscience le torturait, il s'était montré injuste envers un enfant, son propre enfant. Cependant, comme toute douleur véritable, cette souffrance enrichit sa vie : leur deuil commun rapprocha les deux époux. S'ils n'avaient pu se sentir proches jusqu'ici, c'était surtout de sa faute. Sa femme était bonne : travailleuse, paisible, modeste. Et de plus, généreuse. Un jour, elle lui avait dit : « Si tu veux, continue à aller voir Gulundshaa. Je sais qu'elle te plaît plus que moi et que tu aurais préféré la prendre à ma place si tes parents n'en avaient pas décidé autrement. En outre, c'est une meilleure mère que moi, car elle a su garder son enfant en vie, alors que j'ai perdu le mien. »

C'étaient justement les mauvaises langues qui avaient rendu Gulundshaa désirable aux yeux de Schuumur. Le cœur battant, il s'était rendu auprès de la jeune fille aux lourdes tresses brillantes, qui possédait déjà le charme d'une femme accomplie, et il avait été heureux qu'elle ne le repousse pas. Elle fut la première à lui ouvrir le monde de l'amour. Les plaisirs nocturnes qu'il rechercha par la suite avec Dshajnaasch, encore mineure et inexpérimentée, lui parurent bien fades comparés à ceux que savait lui offrir l'experte Gulundshaa. Aussi continua-t-il à lui rendre visite, tout marié qu'il fût ; une nuit avec elle le changeait et le sauvait de la timide et candide Dshajnaasch, c'était une agréable diversion dans le terne quotidien d'une vie de couple imposée. Mais la mort de l'enfant et la générosité de son épouse lui firent d'abord une telle impression qu'il se sentit prêt, sans en avoir rien dit, à ne plus retourner voir Gulundshaa, ni une autre. Il en fut certes autrement.

Schuumur avait atteint la crête, mais son visage restait sombre. Ses yeux regardaient fixement droit devant lui. Un vol de grues bleues s'était posé près du chemin qu'empruntait le cavalier ; serpent sombre qui se dessinait sur la croupe herbeuse aux tons vert jaune, le sentier s'enfonçait dans le flou de l'horizon, telle une blessure, une ride marquée par la vie sur le visage de la terre mère. Dans l'air vibrant de reflets, les grues semblaient d'une taille irréelle ; comme singulièrement étrangères dans cet univers montagneux, elles se balançaient et tremblotaient au milieu du vert et du jaune ; une fois qu'on les avait distinguées, on avait peine à les prendre pour des créatures vivantes, on n'aurait jamais pensé à des oiseaux, tout au plus à des quadrupèdes. Cependant, Schuumur ne pouvait pas les voir, ils ne les aperçut qu'au moment où elles prirent leur envol. Il les compta. Il y en avait sept. Leur groupe se divisa. Trois couples tournèrent avec majesté dans trois directions différentes, voguant et planant sans but apparent. La grue solitaire s'en fut droit devant elle, battant vigoureusement des ailes. Cette image frappa l'homme. Il secoua instinctivement la tête. Puis il pressa derechef son cheval.

Oui, il en fut autrement. Pourtant des années passèrent au cours desquelles Schuumur tint parole. Dshajnaasch était de nouveau enceinte. Il semblait à l'homme que son enfant mort allait revenir et qu'il l'accueillerait pour la deuxième fois dans la vie. La nuit, il caressait souvent le ventre de sa femme, une fois, il pressa son visage tout contre en disant : « Presse-toi, ma petite fille aux cheveux clairs ! Sinon ton père va perdre patience ! » Dshajnaasch pleura en cachette. La fillette naquit, mais elle était différente, elle avait les cheveux noirs, d'un noir de jais. Si Schuumur avait été déçu la première fois par les cheveux clairs, il le fut cette fois par les cheveux sombres. Mais sa déception fut brève et silencieuse : il la refoula et la bâillonna. Car elle angoissait le père qui avait fait l'expérience de la douleur. Pour lui, l'essentiel était désormais d'être de nouveau père, d'avoir de nouveau un enfant ; que ce fût une fille était bien, mais pas essentiel ; la couleur de ses cheveux n'avait aucune importance et ne voulait absolument rien dire. Cet enfant, c'était Dombuk. D'autres suivirent. Certains moururent. Schashynbaj, Dongur et Tasaj restèrent en vie. Si les enfants de parents dont la couleur de la peau et des cheveux diffèrent ont en général toujours quelque chose de leur père et de leur mère à la fois, les enfants de Schuumur avait la chevelure soit d'un noir de jais, soit blonde comme le soleil, suivant une alternance à peu près régulière. Quand sa femme était de nouveau dans les douleurs, il caressait sa joue en murmurant sur un ton d'affectueuse plaisanterie : « Fais un effort, notre petit aux cheveux noirs est pressé ! » La fois suivante, on prédisait un enfant aux cheveux blonds, et c'était presque toujours le cas. Ces années-là furent aussi belles que difficiles. Les moments partagés avec Gulundshaa étaient à coup sûr les épines qui venaient égratigner leur union, mais sans eux, il aurait sans doute mené une vie à l'allure lisse et fade, d'essence plus pauvre. Survint alors le pire qui puisse frapper une famille : l'épouse mourut. Cela se passa pendant son absence. Il était à la chasse de l'autre côté des forêts des deux

Türgen. Quand il rentra chez lui, les hommes de l'*aïl* avaient depuis longtemps emporté sa femme dans la steppe. C'était la fin de l'été. Le jour était sombre, le ciel lourd. Schuumur erra longtemps sans la trouver. Puis il rencontra un berger qui lui dit que les vautours étaient déjà passés. Il ne restait rien, pas le moindre ossement, pas la moindre touffe de cheveux. Les rapaces l'avaient entièrement dévorée. « Elle était pure, de corps comme d'esprit, et trouvera le royaume de Dieu ! » lui dit l'homme. La chamane qu'il avait fait venir dans sa yourte lui dit à peu près la même chose, tout en précisant seulement : sous les traits d'un garçon, l'âme de la morte retrouvera celle de sa fille née pendant une année du dragon. Elle pensait lui apporter ainsi une consolation. Mais en vain. Schuumur était inconsolable, bouleversé, accablé, prostré. Il essayait de comprendre sa vie, d'appréhender le malheur qui avait frappé celle-ci de plein fouet. Pourquoi cette infortune ? De quoi était-il si sévèrement puni ? Des injures qu'il avait de temps en temps laissé échapper ? Pourtant, bien qu'adressées au Ciel, à l'Altaï, à l'un de ses cols ou à l'une de ses montagnes, jamais elles n'avaient vraiment visé le Ciel, l'Altaï, un fleuve ou une montagne, non, il avait toujours éprouvé du respect envers eux. Chacune des injures prononcées avait un autre objet, c'était tantôt sa femme qui avait suscité sa mauvaise humeur pour telle ou telle raison, tantôt son cheval qui ne lui avait pas semblé assez rapide, docile, endurant, tantôt un événement quotidien contrariant.

Ou bien était-il puni pour les meurtres commis en tant que chasseur en tuant des animaux ? Chaque coup réussi détruisait la vie, et celui qui manquait son but avait souvent les pires conséquences : un animal que le Ciel avait fait naître, que l'Altaï avait maintenu en vie et qui était ainsi parfait, devenait soudain infirme, ce qui allait à l'encontre de l'ordre, de la volonté du Ciel et de l'Altaï. Et tous ces orphelins qu'il avait sur la conscience ! Un jour, il avait retenu deux marmottes sur les deux flancs d'une colline en agitant un panache. Après avoir tiré sur la première, il s'était aussitôt tourné vers la seconde. Il était parvenu à la faire siffler d'excitation, elle aussi, puis à ramper en camouflant chacun de ses mouvements derrière le panache qu'il faisait ondoyer, et enfin à s'approcher suffisamment pour tirer. D'un geste presque aussi rapide qu'une balle, il empoigna la bête mortellement blessée, la souleva en la tenant à la naissance de la queue, grisé par ses tressaillements. Tout cela avait pris du temps. Et lorsque, portant d'une main le panache et la bête en train de se vider de son sang, de l'autre le fusil, il parvint à l'endroit où devait se trouver le premier animal, il vit un spectacle horrible : une masse grouillante masquait l'entrée du terrier. C'est seulement en y regardant de plus près qu'il parvint à distinguer de quoi il s'agissait : cinq petites marmottes grises étaient accrochées aux tétons de leur mère. Mortellement touchée, la grande bête était tombée à la renverse à l'entrée du terrier, bloquant le passage aux petits qui s'étaient précipités au-dehors, alertés par le coup de feu. Après avoir sans doute cherché un moment à regagner l'entrée, oubliant leur peur, ils s'étaient jetés avec innocence sur leur mère agonisante. Meurtrier d'une mère qui allaitait encore, le chasseur restait planté là, tandis que les petits, ayant flairé sa présence, s'enfuyaient en quête de l'abri le plus proche. Les yeux écarquillés, il fixait les tétines écartées, comme pleines de vie et anormalement grosses ; certaines étaient couvertes d'écume, une grosse goutte de lait claire pendait à l'un des bouts dénudés, violacés, on aurait dit une larme aveugle, gelée, morte. Son regard tomba aussi sur le sang rouge vif qui formait une mare sous la tête de la marmotte et brillait, bien qu'il eût depuis longtemps coulé. Schuumur hésita, mais finit par prendre la femelle, il ne pouvait et ne voulait pas contrarier sa chance à la chasse, il n'en avait pas le droit. Mais cet épisode qui l'affligea longtemps lui pesait maintenant tout particulièrement. Ce n'était que l'un des innombrables meurtres qu'il avait commis en sacrifiant des animaux, des créatures innocentes, qui n'avaient jamais, même le loup, menacé un être humain. Voilà peut-être pourquoi il était puni ?

Schuumur songeait, et plus il songeait, plus il croyait découvrir de raisons justifiant cette punition infligée par des puissances supérieures. C'est son attitude envers Dshajnaasch qui le torturait le plus. Elle était encore une enfant lorsqu'elle était venue chez lui. Il l'avait méprisée sans toutefois se priver d'elle ; aiguillonné par son désir viril, il en avait fait une femme et ainsi une mère. Elle lui avait donné onze enfants, les avait nourris, pleurant la mort de certains d'entre eux et vivant dans l'angoisse d'en perdre d'autres ; elle avait trait les bêtes, cuisiné, cousu, lavé, veillé sur la propreté, ramassé du fumier, et c'est ainsi que s'étaient écoulées les quinze années passées près de lui, ou plutôt sous son autorité. Elle s'était livrée à lui sans réserve, vivant plus pour lui que pour elle-même et se montrant ainsi une bonne épouse. La répulsion qu'elle lui avait inspiré s'était peu à peu évanouie. Comme si les nombreuses têtes blondes ou brunes l'avaient usée, tandis que lui s'habituait à sa femme, à son labeur, à son dévouement incessant et inépuisable, et un beau jour, elle était devenue pour lui aussi indispensable qu'irremplaçable.

Derrière Usun-Oi, Schuumur sursauta en entendant le cri d'une grue. On aurait dit un cri d'alarme. Il chercha et finit par trouver : une grue solitaire venait du Charlyg-Chaarkan, franchissant le Pasch-Ojuk, cuvette bleu foncé béant au cœur du sommet enneigé. Son vol était rapide et nerveux. C'est celle de tout à l'heure, se dit Schuumur, mais il douta ensuite que cela fût possible. Le monde est vaste, pensait-il, il peut s'y passer, s'y produire tant de choses. La grue approchait rapidement. Alors qu'en bas, dans le paysage herbeux, elle avait paru floue et bleue comme l'eau, elle se détachait à présent avec netteté sur le glacier et semblait grise entre le blanc de la neige et le bleu du ciel. Les yeux plissés tels deux traits, il suivait le vol de la grue venant à sa rencontre. Ce doit quand même être celle de tout à l'heure, c'est certain, pensa Schuumur. Il ne pouvait imaginer que deux créatures de cette espèce puissent s'ignorer et vivre solitaires.

Nul doute que ce fut le pressentiment de la mort qui allait séparer les époux : avec le temps, non seulement Schuumur supportait mieux Dshajnaasch, mais il s'était pris d'amour pour elle. Certes, il s'agissait d'un amour paisible et silencieux qu'il cherchait à cacher aux autres, comme à elle et au fond à lui-même. Il ne rendait plus que rarement visite à l'autre femme, à la fougueuse Gulundshaa, c'était seulement à l'occasion, peut-être par l'effet d'une vieille habitude, pour ainsi dire en souvenir du bonheur qu'elle lui avait offert en d'autres temps. Plus il fouillait dans sa mémoire, moins il se comprenait lui-même. À chaque fois qu'une tranche de sa vie se détachait et lui revenait, il savait qu'il allait rencontrer un être terrible. Il lui était chaque jour plus insupportable d'affronter ce fantôme épouvantable : lui-même. Mais comment empêcher son esprit de se souvenir ? Un jour, plongé dans le flot de ses réminiscences, et souffrant de s'accuser lui-même sans fin, il tenta de trouver un soulagement au moins en la personne d'un complice. Gulundshaa ferait l'affaire.

Cette idée lui plut et il la creusa. Comment aurait-il pu commettre seul l'adultère qui pesait sur sa conscience ? Il fallait qu'elle fût complice ! Mais était-ce assez qu'elle ne fût que complice ? Si elle n'avait été là, toute prête à une liaison avec lui, comment aurait pu avoir lieu ce qui s'était produit ? Impossible ! Toutefois, s'il était bien commode d'avoir quelqu'un pour partager le fardeau qui risquait de l'écraser, pour en porter peut-être même l'essentiel, cela ne suffisait pas à le disculper entièrement. Au contraire, le soulagement qu'il avait trouvé en se faisant violence pour apaiser son âme se retourna cruellement contre lui : parce qu'il avait tenté de se décharger de ses propres fautes sur autrui, il vit un nouvel incendie embraser sa conscience. Néanmoins, Gulundshaa était comme une flèche tirée, estimait Schuumur qui raisonnait en chasseur. Ce qui voulait dire une histoire achevée. Il n'y avait pas de retour possible auprès d'elle, plus encore, il ne voulait plus la revoir. « Pour le fils de Gonsat, l'herbe a poussé à jamais sur le chemin de ta yourte », pensait-il avec une colère où se mêlait une pointe de joie maligne et peut-être aussi un soupçon de compassion. Absurde ? Comme si la vie n'était que sens !

Schuumur atteignit enfin le bord de la vallée et le premier *aïl*. Il lui fallut se rendre à l'évidence : la nouvelle qui avait provoqué sa fuite était parvenue jusqu'ici. On lui parlait avec bienveillance, s'adressant à lui comme à travers une mince cloison, afin de le convaincre : c'est mieux ainsi, l'homme a besoin de présence humaine ; la solitude a des dents, la vie à deux des lèvres. Schuumur ne pouvait pas renverser le plat rempli de mets blancs, ni bondir et se sauver, il lui fallut rester assis et serrer les dents. Tous ne connaissaient que trop bien l'histoire, impossible de l'effacer de leur mémoire, même de force, seule la poussière du temps pourrait la recouvrir jusqu'à ce qu'elle tombe dans l'oubli parmi d'autres histoires. Schuumur n'osa pas exprimer sa requête, ni s'arrêter dans l'*aïl* suivant. Il décida d'aller voir les étrangers, les Kazakhs, et de négocier avec eux, cela valait mieux que de prier et mendier. Mais ils étaient encore beaucoup plus loin, de l'autre côté de la vallée, au-delà du fleuve Godan. Il demanda où se trouvait l'*aïl* du *baj* Kaïssa. Il connaissait bien l'homme, ses origines et le chemin qu'il avait parcouru.

Peu avant le coucher du soleil, il atteignit cet *aïl*. Lorsqu'il mit pied à terre près de l'endroit où l'on attache les chevaux, son hongre bâilla et s'ébroua. Soulagé, Schuumur fit claquer sa langue. Baigné de sueur, le cheval blanc paraissait sombre, efflanqué et nerveux comme après une grande compétition. Schuumur dénoua les courroies de la selle d'un geste plein de sollicitude, puis frotta les yeux et le front du cheval avec les manches de son *lawschak*. Les deux servantes du *baj* le regardaient faire, retenant le chien-loup gris près des autres chiens. De son côté, Schuumur observait les chevaux attachés, tout en s'occupant du sien, comme tout cavalier après une dure chevauchée. Il s'agissait pour la plupart de bêtes superbes et bien nourries, mais il ne put s'empêcher de constater qu'il n'aurait échangé son cheval éreinté contre aucune d'elles. Cela le mit d'humeur joyeuse et il se sentit rasséréné.

Dombuk avait à peine six mois quand éclatèrent les grands troubles. Venant de l'extérieur, ils se développèrent rapidement et finirent par envahir tout le pays. Ils chassèrent les gens, pourtant enracinés là comme les forêts de mélèzes et les roches schisteuses alentour. Les Kazakhs, effrayés et en quête d'une nouvelle patrie, furent les premiers à ébranler le pays. On ne salua pas l'arrivée des intrus avec empressement, mais on ne s'offusqua pas pour autant qu'ils s'installent dans le voisinage afin de tenter de ne pas dépérir et mourir de faim. Car au début, il s'agissait de gens pauvres et paisibles. Mais les jours et les mois passant, ils changèrent et devinrent plus insolents dès qu'ils eurent repris des forces, du courage, et commencèrent à acquérir des biens. Cela se fit lentement mais sûrement, chacun voyait et sentait la transformation de ces hôtes indésirables. Des frictions entre les autochtones et les nouveaux venus commencèrent à se produire, dégénérant souvent en bagarres et en fusillades. C'est alors que survinrent presqu'au même moment les Russes et les Chinois. Nul ne savait ce qui pouvait avoir attiré ces tribus étrangères. Personne ne les avait invitées. Certes, aucune n'était vraiment nouvelle, on les connaissait déjà toutes : Kazakhs, Chinois, Russes ; mais ceux-ci étant jusqu'ici peu nombreux, on les avait traités en hôtes et ils s'étaient aussi comportés comme tels. Cette fois, ils étaient venus par centaines et par milliers, il ne pouvait plus être question d'hôtes. Sans doute la nourriture était-elle l'enjeu qui en avait fait d'un seul coup des hordes se lorgnant les unes les autres et se bagarrant entre elles. Les Kazakhs comme les Russes, les Russes comme les Chinois pillaient. Mais ceux qui se retrouvaient dépouillés, c'étaient les autochtones, les Touvas et les Urianchais, eux qui possédaient quelque chose. La guerre éclata. Le chef de la tribu des Chara-Chöjük tint conseil avec certains de ses pairs. L'entrevue eut lieu de bon matin dans une cuvette au nord-est de Göge-Dogaj. Les chefs arrivèrent seuls les uns après les autres, chacun en tenue de chasse et équipé comme tel. Quelques membres des différentes tribus se tenaient non loin de là, seuls eux aussi, feignant d'être à l'affût ou sur la piste d'animaux. Schuumur était l'un des quatre hommes chargés de protéger leur chef contre les autres chefs et leurs hommes. La rencontre commença par une bagarre. Arrivé ivre, le chef de la tribu des Dokpak-Charas avait affirmé que le mieux était de se ranger du côté du plus fort, en l'occurrence des Chinois. Pour toute réponse, des coups de poings se mirent à pleuvoir de toutes parts sur sa tête. Certains chefs tentèrent de s'interposer, arguant qu'il était soûl, mais ils faillirent se faire tabasser eux aussi. Résultat : les Dokpak-Charas repartirent, emportant leur chef en sang et inconscient. Ceux qui avaient tenté de prendre sa défense furent à ce point intimidés qu'ils se tinrent cois et acquiescèrent à toutes les décisions. Dans la nuit qui suivit, la plus grande partie des gens du pays prit la direction du Chomdu-Altaï, avec yourtes et bétail. Avant de se mettre en route, ils avaient brûlé le cul de leurs chiens au fer rouge afin qu'ils n'aient plus de voix pour aboyer et attaché les veaux à la queue des yaks femelles pour qu'ils ne restent pas à la traîne, faisant grogner les femelles. Ils chargèrent les yourtes uniquement sur des bœufs et des chevaux, car les chameaux ne valaient rien sur les pentes caillouteuses et dans les cols des glaciers qu'il faudrait franchir. Qu'ils eussent deux jambes ou quatre pattes, tous s'engagèrent vers le Nord. En dépit de leurs efforts pour faire silence, le sol grondait. Et malgré le voile protecteur de la nuit, on voyait bouger la montagne et la steppe. Cette nuit passa tranquillement et le jour commença également de façon paisible. Alentour, aussi loin que le regard portait, la terre était parsemée de taches noires et blanches, grouillante d'hommes et de bêtes. Le ciel s'éclaircit au lever du soleil dont les rayons ressemblèrent bientôt à des gerbes de feu. Jaillissant de cent mille pores, la poussière s'élevait du sol en tourbillonnant très haut, puis s'épaississait en nuages cotonneux aux reflets rougeâtres ; suspendus comme des îles dans le ciel, ils restaient immobiles jusqu'à ce que leurs bords s'effrangent. À l'avant et à l'arrière, la caravane était protégée par une douzaine d'hommes en armes. Les chefs chevauchaient devant, à portée de fusil des éclaireurs. Schuumur faisait partie de l'arrière-garde. Il commençait à faire chaud lorsque la tête du convoi atteignit un ruisseau. Après une brève discussion entre chefs, il fut décidé d'y faire une pause jusqu'à ce que la chaleur diminue. Aussi chacun des arrivants se mit-il à décharger ses effets. Les bêtes de trait et les montures en sueur furent étroitement attachées, elles s'étirèrent et tombèrent dans un profond sommeil. Les autres animaux, libres de leurs mouvements, s'étendirent et s'endormirent dès qu'ils eurent étanché leur soif. Les poulains n'avaient même plus la force de vider les mamelles de leurs mères, ils s'écroulaient au milieu de la tétée et restaient couchés, poussant de légers hennissements dans leur sommeil. Ici et là, on allumait un feu, les premiers arrivés avaient déjà bu leur thé, et l'orge qui accompagnerait la viande séchée était en train de bouillir lorsque les derniers les rejoignirent. Ceux-ci n'eurent pas le loisir de boire leur thé, car les poursuivants étaient déjà là. Il s'agissait de quatre hommes : un Russe, un Chinois et deux Kazakhs. Ils chevauchaient de célèbres montures appartenant aux Urianchais. Le Russe avait un Mauser, le Chinois un sabre en bandoulière et les deux Kazakhs étaient armés de longues massues taillées dans une racine de bouleau. Les chevaux étaient trempés de sueur et leurs bouches écumaient ; après leur course forcée, ils n'arrivaient plus à se tenir tranquilles. Le Russe barbu, monté sur le cheval noir qui piaffait et se cabrait, était le chef. C'est l'un des Kazakhs, le plus âgé des deux, qui traduisit ses paroles ; moustachu, il avait les yeux verts et torves d'un renard. Au nom de l'ensemble des autorités des tribus étrangères, il ordonnait aux autochtones de faire immédiatement demi-tour. Les chefs, la mine embarrassée, étaient restés assis en cercle, comme pendant le repas. Le petit peuple gardait lui aussi le silence, il attendait la suite des événements. Rares étaient ceux qui avaient globalement compris les mots criés du haut du grand cheval. Au bout d'un moment, l'un des chefs rompit le silence pour s'adresser aux étrangers, les saluant d'un léger signe de la tête : « Émissaires, écoutez-moi ! dit-il en touva. Certes, je ne suis pas le plus ancien de cette assemblée, ni son délégué officiel, mais comme il faut bien que quelqu'un prenne la parole, je le fais. » Naturellement, aucun des étrangers ne pouvait le comprendre. Le Russe réclama donc un interprète pour lui permettre de saisir ce qui venait d'être dit. Le chef se tourna vers les jeunes gens qui s'étaient levés d'un bond à l'arrivée des étrangers, saisissant leurs armes, en attente d'un ordre. « Déposez les armes, mais soyez d'autant plus vigilants et prestes. Dshürmüd, approche-toi du barbu et traduis, mais ne dis que ce qui lui est destiné ! » Les hommes firent ce qui leur était demandé. Cette attitude paisible calma les étrangers. Le Russe abaissa son arme et les autres posèrent les leurs en travers de leurs selles. Dshürmüd était un garçon de petite taille, mais robuste et vif. Posté près du genou du Russe, il traduisit ce que le chef avait dit plus tôt. La conversation s'engagea et l'on apprit ce que les étrangers voulaient : l'ensemble du bétail, y compris les agneaux et les chevreaux, l'ensemble des armes, y compris les faux et les couteaux de cuisine, l'ensemble des harnais des coursiers et des bêtes de somme, l'ensemble des biens négociables, l'ensemble des hommes et des enfants, toutes les femmes jeunes — en un mot, tout sauf les armatures des yourtes et les vieilles femmes. Et l'on apprit aussi qu'une bonne centaine de cavaliers étaient sur les talons des fugitifs.

Avant même que Dshürmüd ne traduise, on comprenait que le Russe proférait des menaces, car il roulait des yeux en parlant comme quelqu'un qu'on étranglerait, levant sa main droite, le poing serré, tel un *dokpak*. Un des Kazakhs s'efforçait également de rouler des yeux sans vraiment y parvenir. L'autre, presque un enfant, avait lui aussi des yeux verts et torves, mais contrairement à son compatriote plus âgé, il ne manifestait pas la moindre émotion, se comportant en observateur muet et attentif. Le Chinois était tout aussi silencieux et vigilant, on eût dit une statue de bois clouée sur le cheval, il s'agrippait au pommeau de la selle de la main gauche. Chaque parole prononcée par le chef en touva était plus longue que la traduction qu'en donnait Dshürmüd, et contenait ainsi des consignes. Si bien que les hommes alentour, qui semblaient s'ennuyer ferme, bondirent soudain pour attraper les chevaux par les rênes et jeter à terre leurs cavaliers. Ces derniers n'eurent pas le temps de résister, ils se mirent à piailler, chacun dans sa langue maternelle, ce qui signifiait clairement qu'ils voulaient rester en vie. On renvoya le jeune Kazakh. Il était chargé de transmettre à ses chefs le message suivant : « Nous n'emportons rien qui ne soit à nous, et nous vous abandonnons même la terre qui nous a nourris depuis les temps de nos ancêtres. Dès que nous serons en vue du Chomdu-Altaï, nous vous renverrons vos autres émissaires. Nous les traiterons bien, nous leur donnerons des chevaux et des provisions pour la route, mais si vous vous mettez en tête de nous poursuivre, nous nous défendrons. Sachez-le, nous sommes un peuple de chasseurs et il est rare que nous manquions la tête d'une marmotte. Nous avons largement assez d'armes à feu, de poudre et de plomb. Nos femmes et nos enfants sauront se défendre eux aussi. Réfléchissez bien, si vous ne vous contentez pas de notre terre et prétendez vous approprier aussi tous nos biens, nos femmes et nos enfants, et jusqu'à notre existence même, si vous nous poursuivez, retenez ceci : pour chaque goutte de notre sang versé, nous écorcherons vifs vos émissaires et donnerons leur chair, lambeau par lambeau, en pâture à nos chiens. »

Le jeune Kazakh s'en retourna, d'abord au pas, puis au trot et bientôt au galop. Nul ne songeait plus au repos. On sella rapidement les bêtes de trait et les montures, on rechargea les ballots contenant les yourtes. Quelques vieux qui connaissaient les chemins poussaient devant eux les troupeaux de chevaux, formant l'avant-garde ; les femmes, avec les nourrissons et les petits enfants, les suivaient. Les troupeaux de yaks et les bêtes de trait suivaient aussi, on les poussait ou les tirait ; les hommes en âge de se battre restèrent à l'arrière avec les troupeaux de petit bétail, formant l'arrière-garde. Les chefs s'étaient répartis au long de la caravane, et les trois otages avançaient séparément sous leur garde, chacun attaché à la queue d'un jeune cheval bien nourri. L'adolescent qui le conduisait avait pour ordre de le lâcher en cas de danger. D'autres adolescents faisaient le va-et-vient au galop, transmettant les messages urgents. La consigne étant d'avancer le plus vite possible, ils ne tardèrent pas à perdre de vue le gros de la caravane. Le ciel demeurait clair et la lune s'éleva bientôt, lumineuse. Les vallées luisaient, les montagnes étincelaient. On eût dit que le jour à peine achevé scintillait à travers la membrane poreuse qui recouvrait la terre.

Dans la gorge de la Crête Blanche, le malheur s'abattit sur eux. Les poursuivants les rattrapèrent. On les vit avant même d'entendre les sabots de leurs chevaux. Les fuyards, saisis de terreur, se précipitèrent les uns vers les autres avant de s'égailler dans toutes les directions, mis en garde par le cri d'un homme avisé. Chacun se réfugia où il le pouvait. Certains foncèrent droit devant eux. Leurs chevaux, rendus fous par les coups de fouets et les hurlements de frayeur, piétinaient tout sur leur passage. Ils parvinrent ainsi à se frayer un chemin à travers le troupeau de moutons et de chèvres serrés les uns contre les autres. D'autres tentèrent de grimper les pentes raides et forcèrent leurs chevaux jusqu'à ce qu'ils s'arrêtent, tremblant de tous leurs membres, leurs pattes dérapant et s'écartant, ployant, comme brisées. Voyant que les bêtes ne pouvaient plus avancer, qu'elles ne cherchaient plus qu'à garder leur équilibre pour ne pas basculer et dévaler la pente, les cavaliers bondirent à terre et poursuivirent leur ascension à quatre pattes pour se précipiter, dès les premiers coups de feu, dans le repli d'éboulis le plus proche. Le troupeau se dispersa à grand bruit, autant que l'espace le permettait. Avec les autres bêtes devant lui, blotties l'une contre l'autre dans leur panique, certaines même tombées les unes sur les autres, il constituait une muraille pour l'instant infranchissable de chaque côté des pentes abruptes et caillouteuses. Ce rempart représentait le salut pour ceux qui avaient fui vers le haut de la gorge. Les poursuivants tirèrent une centaine de coups de fusil, sans doute déchaînés d'avoir pu rattraper et disperser les fugitifs, mais sans doute aussi furieux de ne pouvoir profiter tout de suite du ruisseau de sang et de la montagne de chair sur lesquels ils comptaient. Malgré la vive clarté de la lune, les coups de feu trouaient la nuit. À leur lueur, on distinguait nettement les silhouettes des poursuivants que l'on pouvait même compter. En dépit de la violence de la fusillade, les fuyards ne répondaient pas. Tout d'abord, ils s'étaient sentis incapables d'entreprendre quoi que ce soit, puis ils avaient craint de révéler leur cachette. À présent, ils se disaient qu'aucun coup ne devait manquer son but. Le pire était d'ailleurs passé, la première frayeur surmontée, chacun ayant trouvé un abri. Jusqu'alors, les balles n'avaient touché que quelques chevaux qu'on abandonnait, debout ou couchés sur les pentes. Ils poussaient un bref hennissement aigu, puis s'abattaient lourdement sur les cailloux. Quelques-uns dévalaient le versant avec fracas, on entendait le cliquetis des étriers, on aurait dit des plaintes métalliques. On eût pu croire que cela susciterait effroi et paralysie, mais ce fut l'inverse. La mort de leurs montures fit s'envoler la peur des cavaliers et la haine prit sa place. On entendit des jurons, suivis par des cris et des signes de connivence ; chacun fut ainsi enjoint de s'entourer d'un muret de pierres. « Des pierres rondes ! » dit une voix qui résonna depuis l'autre versant. « Des grosses pour les faire rouler, des petites pour les lancer ! » Chaque appel déclenchait une pluie de feu. C'était parfait. Les cris se firent ainsi de plus en plus nombreux. Schuumur était allongé au creux de l'éboulis qui formait comme une petite cuvette. Avec cinq autres membres de sa tribu, il s'était réfugié sur le versant de droite que son cheval gravit rapidement avant de tomber dans un trou où il resta coincé. Schuumur avait filé à toute allure pour atteindre à quatre pattes cet abri, dans le bruit de la fusillade. Rampant, il s'affairait en tous sens pour rassembler des pierres, empilant les plus grosses en arc de cercle et entassant les plus petites à côté. Son muret fut bientôt suffisamment haut pour qu'il puisse s'asseoir à l'aise derrière. Il avait aménagé au milieu une meurtrière, comme lorsqu'il était à l'affût des marmottes. Il y avait installé sa carabine chargée. Schuumur était presque rassuré, il n'avait pas peur au point de manquer son but en visant un homme. Il avait assez d'amorces et de poudre, mais le nombre de balles qu'il possédait était limité. Tâtant sa cartouchière, il en compta seize. Trois marmottes en quatre coups, c'était son score. « Douze coups dans le mille », se dit-il. Mais là en dessous, les hommes étaient bien plus nombreux. « Une bonne centaine », estima-t-il en hochant la tête. Il avait sûrement davantage de balles dans la sacoche de sa selle, sans compter le plomb dont il pourrait toujours mâchouiller un bout pour en faire une balle ; ce n'était certes pas idéal pour la carabine, mais il l'avait tout de même fait une fois dans la fièvre de la chasse. La monture de Schuumur gisait toujours à l'endroit de sa chute, le cheval vivait encore. « Il va peut-être réussir à se libérer et à s'enfuir, pensa-t-il, soucieux. Et je n'aurai plus ni balles, ni plomb. » Mais il n'était pas assez hardi pour ramper jusque-là et récupérer la sacoche. Les coups de feu cessèrent. On pouvait entendre les voix des poursuivants qui échangeaient quelques mots en kazakh. Ils se consultaient. Schuumur aurait pu en profiter pour quitter sa cachette, se faufiler jusqu'à son cheval et récupérer sa sacoche. Cependant il hésita, loupant l'occasion. On ne tarda pas à comprendre la décision qui venait d'être prise. Les assaillants se divisèrent : le plus grand nombre entreprit de poursuivre la caravane, car le troupeau avait continué à avancer et pour l'instant, la voie était libre ; les autres se répartirent en deux groupes de force égale qui formèrent une longue colonne pour se diriger vers les pentes. Ils avaient laissé leurs chevaux en contrebas et on les voyait distinctement avancer courbés.

« Le ciel au-dessus de nous, notre Ciel nous aidera. Frères, c'est le moment de faire preuve d'intelligence et de courage, pas un coup ne doit manquer son but ! » entendit-on retentir sur le versant opposé. Cette injonction déclencha des coups de feu, mais les Touvas attendaient leur heure. D'autres appels attirèrent d'autres coups. Schuumur pointa sa carabine. Bien que la ligne de mire devînt floue, il sentait qu'il visait juste. Il pressa la gâchette et la silhouette s'abattit. On entendit d'autres coups de feu auxquels on répondit. Le combat s'engagea. Schuumur rechargea son arme. C'était plus vite dit que fait : il sortit la carabine de la meurtrière, introduisit dans sa gueule la balle en plomb et l'enfonça à l'aide d'un bâton, versa dans le bassinet la poudre dosée dans une petite cuiller en corne et y déposa l'amorce. Son deuxième coup aussi fit mouche. Il vit d'autres silhouettes s'abattre. Toute peur s'était envolée. La rage de tuer le tenait. « Frères ! hurla-t-il à pleins poumons en rechargeant son arme. Laissez-moi tous ceux qui sont dans le creux ! » La colonne était déjà clairsemée. En revanche, des groupes nouvellement formés se dirigeaient vers des coins abrités, tel le creux entre deux masses de cailloutis légèrement inclinées. Les attaquants s'imaginaient qu'il leur offrirait un meilleur abri parce qu'il se trouvait en contrebas des éboulis. Mais de sa cachette, Schuumur les avait dans son champ de vision. Il choisissait maintenant de façon systématique celui qui s'avançait en tête. Cela dut à coup sûr décourager les suivants, car l'attaque se ralentit. Mais les coups de fusil qui le visaient s'intensifièrent. Ils se succédaient sans relâche, tirés par d'autres armes plus efficaces. Les balles sifflaient et rebondissaient sur le muret de pierres. Cela agaçait Schuumur qui s'efforçait néanmoins de bien viser. Des cris retentirent, quatre silhouettes sortirent de l'ombre et bondirent dans sa direction. Le feu était de plus en plus nourri. Schuumur poussa un cri qui aurait pu laisser croire qu'il avait été touché. Mais il avait seulement manqué son but. « Lâche, chien ! » se disait-il, plein de mépris envers lui-même, tout en rechargeant son arme. « Un tas de bandits stupides t'affrontent et tu te caches les yeux, le cœur au fond de la culotte, au lieu de te réjouir ! » Le coup suivant porta, mais la distance était maintenant trop réduite, il distinguait nettement les hommes et les massues qu'ils brandissaient. Il n'avait plus le temps de recharger. Il renversa le muret et les pierres dévalèrent la pente avec fracas. Il jeta deux des petites pierres à la suite des premières. Puis il bondit de côté et s'allongea, la carabine à la main. À découvert dans les éboulis, il décida d'aller jusqu'à sa sacoche, car il ne trouvait à proximité ni rocher protecteur, ni pli de terrain. Il lui sembla que les tireurs ennemis l'avaient perdu de vue, car les coups continuaient à crépiter et pourtant aucune balle ne tombait près de lui, alors qu'il était de plus en plus proche des tireurs. C'était sans doute grâce à la teinte de ses vêtements : son *lawschak* et sa casquette étaient usés et décolorés. La descente fut rapide. Son cheval avait les pattes arrière écartées et le cou brisé ; il était mort. Il ne chercha même pas à détacher la sacoche de la selle ; il se contenta de la découper pour s'emparer des balles et du plomb. Il se rendit compte que s'il descendait encore un peu, décrivant un arc de cercle, il pourrait contourner l'ennemi. Il parvint effectivement à prendre position derrière ses poursuivants. De là, il descendit les trois tireurs qu'il découvrit. Deux Russes et un Kazakh. Ils avaient des armes à tir rapide que Schuumur n'avait encore jamais tenues entre ses mains. Mais il sut vite comment s'en servir. Pour s'entraîner, il tira en direction des chevaux des ennemis, ce qui faillit lui coûter la vie. Le coup vint d'au-dessus, il sentit le souffle de la balle effleurer son oreille. Schuumur s'écria : « Frères, c'est moi, moi ! » « Toi qui ? » répondit le tireur. « Schuumur. Et toi, qui es-tu ? » « Towul ! » fut la réponse.

Fils unique de Buurul-Mergen, de la tribu des Irgids, Towul était l'un des compagnons de jeux et de chasse de Schuumur. À sa place aurait tout aussi bien pu se trouver un ennemi. Mais cette nuit-là, Schuumur eut de la chance, beaucoup de chance !

La clameur de la bataille diminua peu à peu et à l'aube, les coups se turent complètement. S'interpellant les uns les autres, les poursuivants se retirèrent auprès de leurs chevaux. Leur nombre avait largement diminué. Celui des Touvas aussi. Huit hommes seulement répondirent à l'appel. Ils avaient l'avantage de ne pas être compris de leurs ennemis, à condition d'utiliser un langage un peu codé, alors que pour leur part, ils comprenaient tout ce que disaient les Kazakhs. C'est ainsi qu'ils fixèrent le lieu et le moment de leur rassemblement. Ils se retrouvèrent aux premières lueurs du jour. Toutefois l'un d'eux manquait au rendez-vous : le jeune Schundak, âgé de quinze ans, le frère de Schuumur. Ce furent des retrouvailles silencieuses ; le peu de paroles prononcées ne concerna pas la nuit passée, mais le jour à venir. Ils n'avaient plus de chevaux, ceux-ci ayant pris la fuite ou été abattus. Il fut décidé de ne pas s'éloigner du chemin et de se procurer des chevaux. L'un des hommes se chargea sans riendire des armes à tir rapide rapportées en surplus par Schuumur et Towul. Le jour se levait et ils pouvaient maintenant distinguer leurs poursuivants qui cherchaient leurs morts. Ils étaient encore nombreux. « Si nous nous approchons un peu, nous pourrons les descendre l'un après l'autre ! » dit Gümetbej, un cousin de Towul. Il n'avait que deux ans de plus que Schundak ; blessé à l'épaule gauche, il était d'une pâleur mortelle. Mais un aîné repoussa cette suggestion : « Pourquoi davantage de morts ? Nous en verrons encore bien assez ! » Les anciens se préparaient à se mettre en route. « Je suis sûr d'avoir entendu la voix de Schundak, il va arriver », dit Schuumur d'un air hésitant. « Il était blessé, je le sais. Il est peut-être encore en vie. » « Il n'est pas le seul qui devra y rester ! » dit quelqu'un d'un ton âpre. Les autres se levèrent et Schuumur fut obligé de les suivre. Jusqu'alors, il ignorait qu'il aimait son frère. À présent, il sentait un tel nœud au creux de son estomac qu'il se sut frappé lui aussi par le malheur cette nuit-là !

La journée était torride, personne ne faisait allusion à la soif qui brûlait la bouche, la gorge et le ventre. Chacun s'humectait les lèvres et les yeux d'urine quand il allait se soulager. Les blessés avaient peine à suivre. Outre Gümetbej, Boltschass, de la tribu des Sojanes Blancs, était touché à la poitrine. On avait nettoyé les blessures avec de la poudre à fusil dissoute dans de l'urine, et on les avait pansées avec la chemise des blessés. Soutenus par leurs camarades, ils avançaient en soupirant parfois et l'on voyait qu'ils souffraient beaucoup. Cependant, au début de l'après-midi, ils trouvèrent des chevaux. Ils tombèrent sur le troupeau de la nuit précédente que ramenait une douzaine d'hommes, pour la plupart des Kazakhs, ainsi qu'un Chinois et un Russe. Ils étaient armés de massues et de sabres ; seul le Russe avait un fusil, mais il n'eut pas l'occasion de s'en servir.

Les Touvas furent les plus rapides, ils massacrèrent les étrangers qui n'eurent pas le temps de comprendre ce qui leur arrivait. Certains se précipitèrent au bas de leur monture et se rendirent. Parmi eux se trouvait l'émissaire renvoyé la veille, le garçon aux yeux verts et torves, ainsi qu'un autre gamin d'une dizaine d'années. Le plus âgé des deux s'agenouilla, jeta sa ceinture en cuir autour de son cou et implora : « C'est ainsi que nous autres Kazakhs prions le Ciel. Mais c'est vous que je prie maintenant : laissez la vie sauve à ce garçon ! C'est le dernier des quatre fils de Temirbek, il est trop jeune pour mourir, laissez-le vivre encore un peu, je vous en supplie au nom du Ciel ! » « Et toi, quel doit être ton destin ? » lui demanda-t-on. « Vous pouvez me tuer », dit-il. « C'est bien ce que nous allons faire, lui fut-il froidement répondu, car tu n'as pas transmis à tes compatriotes le message que t'avaient confié nos chefs. » « Je l'ai transmis, le Ciel m'en est témoin ! Mais quelle influence avons-nous, pauvres diables, sur le cours des choses ? » se plaignit-il amèrement. Puis il ajouta : « En va-t-il autrement chez vous ? » La réponse fut celle que méritait l'insolence de sa question qui avait fait l'effet d'un coup : on le tua avec sa propre massue. Il en alla de même pour tous ceux qui s'étaient rendus. On avait déjà pris le gamin par la gorge, il couvrait sa tête de ses bras et gémissait comme un animal. Schuumur pensa à son frère, il sentit de nouveau son estomac se nouer. Il s'avança, retint la main qui serrait la gorge de l'enfant et dit : « Lâche-le ! » Et au petit : « Grimpe sur ton cheval et ramène le troupeau ! Mais malheur à toi si tu cherches à t'échapper, nos hommes sont là-bas aussi, compris ? » Chacun se choisit un cheval, l'un prit aussi le fusil et ils partirent en hâte. Le petit Kazakh resta en arrière avec le troupeau, il aurait été difficile de dire s'il était triste ou soulagé.

Peu après, ils tombèrent sur le gros de leurs ennemis qui poussaient devant eux un important troupeau de yaks et de chevaux. Engager le combat aurait été insensé, car ils étaient au moins cent, sinon plus. Aussi choisirent-ils de fuir. Un groupe se lança à leur poursuite et les pourchassa longtemps. On tira beaucoup sur eux, et ceux qui restaient en selle étaient de moins en moins nombreux. Lorsqu'une forêt se présenta enfin, ils n'étaient plus que deux. Schuumur et Gümetbej — lui, le blessé, avait réussi à s'échapper. Il avait récupéré un bon cheval, un animal marron foncé avec une tête d'insecte, qui le servirait d'ailleurs de nombreuses années encore. Pour finir, Gümetbej lui fit l'honneur de l'abattre lui-même. C'est seulement une fois en sécurité que Schuumur se rendit compte qu'il était blessé. Mais ce n'était qu'une blessure légère à la cuisse droite et l'os n'avait rien. Il nettoya la plaie et posa dessus de la cendre chaude de crins de cheval brûlés, puis la pansa. Elle ne fut pas longue à guérir.

Au cours de la nuit suivante, ils franchirent la croupe du glacier et pénétrèrent dans la région du Chomdu-Altaï. Ils rattrapèrent le reste de la caravane dans la soirée du lendemain. Il ne trouvèrent qu'un petit troupeau de yaks et de chevaux, ainsi que quelques hommes. Les autres natifs du pays avaient eux aussi subi des pertes, car les brigands les avaient rattrapés sur la toute dernière portion du trajet. Le convoi avait glissé au bas du glacier sous le tir des fusils. Bêtes et gens avaient franchi les passages les plus à pic en étalant par terre des morceaux de feutre. On aurait pu les abandonner sur le sol, mais la catastrophe aurait été pire. Aussi avait-on retiré les salvatrices couvertures de feutre. Les poursuivants ne pouvant pas se risquer sur le verglas, ils s'arrêtèrent et visèrent encore longtemps les fugitifs et leurs quelques bêtes.

Les trois otages avaient trouvé la mort qu'on leur avait promise. Mais le temps avait manqué pour faire durer la torture. Le père de Schuumur était tombé, sa mère était morte avant lui, et son autre frère manquait lui aussi. Mais Dshajnaasch et Dombuk étaient indemnes et il leur restait quelques couvertures en feutre et quelques vêtements de leur yourte. De toutes leurs bêtes, seule la jument grise et son poulain de deux ans s'en étaient tirés. Les fugitifs furent bien accueillis, ils louèrent leurs services à des gens riches. Ces derniers leur donnèrent quelques chèvres pour la traite et peu à peu, ils parvinrent à posséder de nouveau une yourte et même un troupeau. Certains se débrouillèrent même très bien. Quelques-uns des disparus réapparurent, mais aucun proche de Schuumur, aucun de ses frères, aucun des parents de sa femme. En dépit de sa réputation de chasseur, Schuumur demeura humble. Il ne raconta jamais ses souvenirs de guerre, ne les évoquant même pas avec Gümetbej. Celui-ci était son seul témoin, mais il garda lui aussi le silence.

Dix ans plus tard, en rentrant d'une chasse au milieu de la steppe de Chara-Büüre, Schuumur rencontra un jeune Kazakh qui poussait devant lui un important troupeau de chevaux. Il dit s'appeler Kaïssa et prétendit que le troupeau lui appartenait. Ils se séparèrent et chacun poursuivit son chemin. Mais au bout d'un moment, Schuumur fit demi-tour et héla le Kazakh en lui demandant qui était son père. « Temirbek », répondit-il, surpris, tout en regardant plus attentivement le chasseur. Par la suite, ils se rencontrèrent de nouveau. Ils échangeaient des saluts et parlaient chaque fois davantage. Mais Schuumur ignorait si Kaïssa l'avait reconnu et s'il nourrissait à son égard des sentiments d'amitié ou d'hostilité.

Le *baj* partageait un plat de viande avec des hommes que Schuumur ne connaissait pas. Ils échangèrent des salutations sous forme de questions aussi précises, pénétrantes et cérémonieuses que l'exigeait la coutume. Le maître des lieux demanda ainsi au nouvel arrivant comment se portait son épouse. Tout d'abord interloqué, Schuumur se dit que la nouvelle de la mort de sa femme ne pouvait pas être parvenue déjà aux oreilles du *baj* d'une tribu étrangère, aussi répondit-il de manière vague et générale, évoquant la volonté du Ciel. Il ne voulait pas donner d'explications qui auraient déclenché des paroles de consolation dont il était las. « Mieux vaut faire envie que pitié », telle était l'idée qui habitait son front. Après avoir bu le premier bol de thé et enfourné quelques tranches de viande d'agneau bien grasse, coupées en fines lamelles et plongées dans la jatte, il s'exprima donc avec dignité. « Le thé qu'a préparé ton épouse est fort et parfumé, la viande sur ton *dastarkan* est tendre et grasse. Sois-en remercié, mon hôte. Mais tu te doutes bien, *baj*, que je ne suis pas seulement ici pour boire ton thé et manger ta viande. Je suis venu te prier de me prêter tes chameaux pour faire un bout de chemin ! » Le *baj* répondit, déconcerté : « Mais pourquoi justement mes chameaux, encore tout maigres et fatigués par le voyage ? Il existe des *bajs* plus anciens et plus puissants que moi qui ne porte ce noble titre que depuis hier, et ces *bajs* plus anciens et plus puissants te sont aussi plus proches que moi, Kazakh venu d'ailleurs, et les chameaux de ces *bajs* qui te sont proches ont eu des années pour se faire du gras. » Schuumur prit délicatement l'étoffe destinée à s'essuyer la bouche et les doigts, puis il dit, la tête haute et les yeux fixés sur Kaïssa : « Fils de Temirbek, tu parles vrai. Loin de moi l'idée de toucher à tes origines ou à ton passé, le Ciel nous en soit témoin ! Affirmer que tu es l'un de ces nouveaux *bajs* qui n'ont encore pas vu grand-chose ne serait qu'à moitié vrai. Il s'avère que les six chameaux de mon père Gonsat ont dû rester de l'autre côté des montagnes enneigées et, avec eux, les six cent chameaux des frères de ma tribu. Tout comme toi, je suis ici un étranger venu d'on ne sait où. Les *bajs* aux gras chameaux bien reposés ne me sont en rien plus proches que toi. En fait, tu te trompes, c'est même plutôt le contraire, car quelque chose nous lie, toi et moi. Je ne suis pas venu te prendre tout ton troupeau. Il me faut seulement trois ou quatre chameaux. Je n'ai pas l'intention de franchir l'Altaï avec eux. Ni le Göge-Dogaj, ni la gorge de la Crête Blanche, ni la steppe qui la sépare du lac Noir ne sont mon but. Non, tout ce que je veux, c'est transporter ma yourte d'Erik-Arga à Unagan. Pour cela, je paierai ce que tu me demanderas ! »

Le *baj* eut un petit rire, puis il répondit : « Ah, Schuumur, encore une fois tu me plais. Pourquoi n'es-tu pas devenu *baj* ? » Ses yeux verts obliques lançaient des étincelles, mais leur bord inférieur tressaillait. « Bien sûr que tu auras les chameaux. Tu n'as pas besoin de me payer. Les paroles que tu as prononcées ont pour moi plus de valeur que les peaux de marmottes ou les morceaux de briques de thé que tu veux me donner. J'ai entendu parler d'un homme nommé Dshaniwek, qui fut un grand *baj*. À l'entrée de sa yourte étaient suspendus des haillons que nul n'avait le droit d'ôter. Quand on lui demandait pourquoi, il répondait : ces haillons, je les ai portés autrefois et tant qu'ils pendent sous mes yeux, je n'oublie pas celui que j'ai un jour été ! Tes paroles m'y ont fait penser, Schuumur ! »

Le soleil se coucha, le crépuscule doucement vint. Le jour tombait tandis que le murmure du vent frôlait de plus près la lisière de la forêt et la rive du fleuve. Alors que la lune allait se lever, Schuumur était sur le chemin du retour. Il menait quatre chameaux liés les uns aux autres par la corde passée au travers de leurs naseaux. Entourés par les montagnes, les forêts, la steppe et le fleuve, ils formaient avec le cavalier un tableau grandiose. Le matin même, Schuumur avait suivi le fleuve vers l'amont ; à présent, il le redescendait, franchissant quelques hautes vallées. La journée écoulée avait été longue et lourde, presque autant qu'une vie entière.

Au même instant, Gulundshaa tremblait d'angoisse. Elle redoutait ses retrouvailles avec Schuumur. Elle ignorait comment il se comporterait envers elle. Cependant, elle tenait prêt pour lui un repas chaud. Elle avait offert à manger à ses enfants. Maintenant, ils étaient rentrés chez eux et leur yourte était silencieuse. Le trou à fumée ne laissait filtrer aucun rai de lumière, sans doute dormaient-ils tous déjà. À chaque hennissement, elle sursautait en se disant qu'il pouvait arriver. Elle s'arrêtait, épiant le moindre bruit. Mais le chien se taisait. Seuls la forêt et le vent paraissaient bruire à chaque fois avec une force nouvelle et le bétail au-dehors, dans l'enclos, semblait également ruminer de plus belle. On entendait de nouveau le feu ; la braise du mélèze crépitait, tel le souffle d'une respiration. Tantôt la jument, tantôt le poulain se mettaient à hennir. De part et d'autre de la yourte, la réponse ne se faisait pas attendre. Il y avait un échange d'appels, comme un chant alterné, une plainte partagée. Vint le moment où ils se turent eux aussi. Gulundshaa posait de temps en temps la main sur la marmite d'étain ventrue pour vérifier qu'elle était encore chaude. Elle contenait un bouillon où nageaient une épaule et quatre côtes de mouton. C'étaient des morceaux de choix, les restes du *sogum*. Gulundshaa les avait tout de suite mis de côté pour les servir à Schuumur, s'il venait. Quand ils avaient commencé à s'attendrir fibre à fibre, elle les avait salés et suspendus dans la fumée. Ils étaient ainsi devenus bien secs et, flottant maintenant dans leur bouillon qui frémissait doucement, ils répandaient le fumet de la bonne viande, préparée dans les règles. Pour elle-même et les enfants, la femme avait repêché d'autres morceaux. Elle s'était d'ailleurs sentie honteuse quand il lui avait fallu remettre dans la marmite une côte prise par erreur. Au début, elle avait hésité à faire venir les enfants pour le repas et maintenant encore, elle se demandait si elle avait bien fait. Ils avaient certes mangé de bon appétit, et Dombuk s'était mise à parler de choses et d'autres, tantôt comme une mère, tantôt comme une enfant. Puis elle s'était levée pour revenir avec une louche de lait en disant : « *Awaj*, vous souhaitez peut-être encore un peu de thé avant d'aller vous coucher ? » Gulundshaa était mal à l'aise face à cette gamine si mûre, presque femme déjà. Elle se faisait l'effet d'une voleuse qui voudrait dérober quelque chose aux enfants. Quoi au juste, elle ne le savait pas. Elle possédait elle-même du bétail, peu, mais pas moins que Schuumur. Il y avait d'abord les deux yaks femelles dont l'une vêlait chaque année tandis que l'autre arrêtait d'allaiter ; le petit de l'année précédente continuait à boire le lait de la première, prenait des forces, engraissait bien et quand il était abattu au début de l'hiver, sa viande avait un bon goût de lait et de sel minéral. Ses yaks constituaient ainsi l'un de ces légendaires troupeaux nains qui n'augmentaient ni ne diminuaient. Depuis toujours, lorsqu'on évoquait l'existence difficile et pénible des petites gens, on parlait de ces deux yaks femelles. Elle possédait en outre quelques têtes de petit bétail dont le nombre se réduisait de temps en temps. En ce moment, il y en avait entre vingt et trente. Les chèvres avaient toutes le pelage bleuté et les oreilles courtes. Elles descendaient de la même bête qui venait du troupeau du *baj* Chylbang, le plus renommé de son temps. Ce *baj* se distinguait par de nombreuses qualités et habitudes qui n'étaient pas sans importance pour son entourage. Il donnait pour ainsi dire sans compter, ce que l'on pouvait au demeurant interpréter comme une façon de faire l'important. Il offrait parfois à de pauvres gens des bêtes dont il ne voulait pas dans son troupeau. Comme il s'agissait en général de chèvres, on racontait qu'il ne les supportait pas. Cependant, tout troupeau a besoin d'un certain nombre de chèvres pour le guider. Elles ne craignent ni la neige ni l'eau qui effraient les moutons. C'est pourquoi ce *baj* qui haïssait les chèvres en possédait néanmoins. Mais il faisait cadeau du superflu. C'est d'ailleurs ce qui avait fait sa réputation de générosité. Et c'est ainsi que Gulundshaa et son enfant, tout juste arrivés dans l'*aïl* de

Chylbang, eurent droit à une chèvre et à son chevreau. La bête et son petit étaient de cette couleur que les Touvas appellent bleu d'eau. L'un comme l'autre avaient les oreilles courtes et se reproduisaient bien, et il arrivait même qu'une femelle mette bas des jumeaux ou qu'une autre ait deux portées dans l'année. Pelage bleu d'eau et oreilles courtes se perpétuèrent. Dans toute la région, on pouvait aisément reconnaître le troupeau florissant de Gulundshaa. Elle aussi faisait don chaque année d'un ou deux chevreaux. N'y avait-il pas des gens plus pauvres qu'elle, des gens pour lesquels une chèvre constituait une petite fortune et auxquels un chevreau aux oreilles courtes plaisait tout particulièrement ? Gulundshaa disait en riant : « Tu aimerais bien qu'il soit à toi, n'est-ce pas, mon enfant ? Noue le bord de ton *tonn* afin qu'il grandisse et prospère. Il t'appartient, mais il te faut attendre l'automne pour qu'il n'ait plus besoin du lait de sa mère. » Elle ajoutait ensuite d'un ton solennel : « Il descend d'un grand troupeau, et c'est un grand homme qui m'en a fait don. Qu'il soit pour toi aussi l'origine de tout un troupeau ! » La générosité de Gulundshaa et la simplicité avec laquelle elle disposait de ses biens, pourtant peu nombreux, étaient interprétées de diverses manières par son entourage. Si c'était pour les uns une raison de la louer, les autres y trouvaient prétexte à une amicale critique, d'autres encore l'occasion de se moquer d'elle. Néanmoins, l'opinion de ces gens semblait lui être indifférente, et elle resta ce qu'on appelait à tort irréfléchie.

Elle possédait aussi quelques moutons dont on ne connaissait pas bien l'origine. On supposait seulement qu'elle les avait mérités par un travail honnête. Car cette belle femme d'un commerce agréable avait aussi des mains prestes et habiles : elle savait tanner les peaux, coudre et tricoter, un art resté jusqu'alors totalement inconnu des femmes touvas. Elle l'avait appris en regardant faire une Russe et maintenant elle l'enseignait à maintes jeunes filles. De tout temps dans ce pays, on ne rétribuait pas les services rendus, mais on les récompensait. Quand ils étaient importants, comme dépouiller une demi-douzaine de peaux de moutons, puis les tanner pour coudre un *tonn*, ils valaient bien un mouton à abattre ou au moins une brebis d'automne. Et enfin, elle possédait aussi un cheval, ou plutôt une jument qui, contrairement aux chèvres, ne prospérait pas. Brun foncé avec une minuscule tache blanche sur le front et une cicatrice presque ronde à l'intérieur de la cuisse droite, cette malheureuse créature jouait de malchance : ou elle avortait, ou son poulain crevait. Sans compter qu'elle n'avait pas réellement de propriétaire, de maître, car non seulement la femme s'en occupait à peine, mais elle semblait même ne pas vouloir en entendre parler. Seul le hasard décidait du troupeau auquel elle se joignait pour un temps. Lorsque quelqu'un avait besoin d'un cheval, Gulundshaa lui proposait sa jument en disant : « Hélas, tu auras sans doute bien du mal à la trouver. » En général, on déclinait son offre. Peut-être parce qu'on n'avait pas le cœur d'utiliser l'unique jument que possédait une pauvre femme seule. Quand on lui apprenait qu'une fois de plus sa jument n'avait pas pouliné, elle riait doucement et disait : « Ah bon ? Cette vieille carne va donc finir par aller au sel sans avoir eu un peu de bonheur dans la vie ! » Difficile de discerner si elle s'exprimait avec pitié ou avec une joie maligne. Dans la langue touva, aller au sel signifiait mourir.

Le destin de Gulundshaa fut scellé avant même sa naissance. Son père était un *beg*, un tout petit *beg*, certes, mais tout de même un *beg*. On disait qu'un *beg* et sa descendance avaient les os blancs. Gulundshaa était la première-née. Ce qui avait également son importance. Alors que sa mère Gündej-Gadyn était enceinte, les langues allaient bon train dans ce petit royaume au cœur du grand et vaste pays. Et ce qui se racontait dans le royaume parvenait aussi au-delà de ses frontières. Un beau jour, un cavalier survint, vêtu d'un *lawschak* et d'une veste en soie ; il se rendit à la yourte qui était le palais du *beg*. Il s'avéra que l'arrivant était un *baj* de la tribu des Urianchais. Ce *baj* désirait demander en mariage l'enfant à naître pour l'un de ses propres enfants déjà nés ou à venir — ni plus ni moins. Il devait s'agir d'un *baj* puissant, car il avait apporté de riches cadeaux. « Ceci n'est que pour vous deux, *chuda* et *chudagyj*, dit-il en sortant les cadeaux, le présent destiné au fiancé ou à la fiancée viendra par la suite, mais il faudra d'abord que je sache si vous me donnez un gendre ou une bru ! » Le *beg* s'engagea à adresser un message au *baj* dès que l'enfant aurait vu le jour. Vint Gulundshaa, mais à ce moment-là, le *beg* son père n'était plus. Il avait été tué lors d'une rixe qui avait éclaté entre ses gens et ceux de la tribu voisine au sujet d'un pâturage. Et le royaume avait périclité. La veuve du *beg*, que plus personne n'appelait *gadyn*, fut incapable de trouver quelqu'un pour aller annoncer au *baj* qu'il avait une bru. D'autant qu'elle redoutait sans doute que celui-ci veuille récupérer ses cadeaux.

Pourtant, au bout d'un certain temps, un envoyé du *baj* arriva. Le *chuda* faisait dire : « Qu'est-il donc arrivé, chers *chuda* et *chudagyj* ? Votre rejeton ne veut-il plus sa part de mes modestes richesses ? Ou un malheur est-il survenu ? » L'émissaire repartit au galop avec la nouvelle de ce qui s'était passé ; plus jamais on n'entendit parler du *chuda*. Malgré les cadeaux qui leur restèrent, ce que possédaient Gündej et sa fille s'amenuisait de plus en plus. Tandis que leurs biens s'évaporaient et que leur yourte s'assombrissait, le nombre des visites, ou plus exactement des visiteurs, augmentait. Il était de plus en plus fréquent que l'un ou l'autre reste pour la nuit. Car non seulement Gündej était belle, mais eût-elle été une jument, nul doute qu'on l'aurait qualifiée de fougueuse. Toutefois la langue touva emploie un terme beaucoup moins flatteur pour parler d'une femme au tempérament de feu.

Gulundshaa devint jolie. Or le pays touva n'a jamais été tendre pour les jolies filles. Aussi était-il manifeste que l'ancienne *tajshy*, la fiancée dédaignée, n'aurait pas la vie facile. À cela s'ajoutait l'histoire de sa mère : tous les adolescents pouvaient bien désirer la belle jeune fille en fleur, jamais leurs parents n'en auraient voulu pour belle-fille.

Gulundshaa sortit de sa yourte et, pleine d'une joie craintive, ne put s'empêcher de fermer les yeux, chancelant et murmurant. La lune se levait à peine, caressant encore la cime des arbres sur la crête. Bien qu'il ait fait clair à l'intérieur à cause de la braise du foyer et de la chandelle de la *dör*, elle avait senti la clarté de la lune. « Lune mère ! pensa-t-elle avec ferveur. Ta lumière éclaire si souvent dans la nuit le chemin du cavalier pour écarter le danger ! » Elle sursauta soudain, ses yeux sombres écarquillés fixant le monde silencieux sous les rayons de la lune. Ses propres pensées l'avaient effrayée. Une fois de plus, elle avait agi trop vite et sans réfléchir. Elle n'aurait pas dû écouter Dombuk, il aurait mieux valu qu'elle laisse sa yourte là où on l'avait déchargée. Elle aurait habité l'*aïl* voisin et on n'aurait pas eu l'impression qu'elle voulait prendre Schuumur par surprise, profitant de son absence ! Peu éloignée, elle aurait pu apprendre comment il était disposé à son égard. S'il l'avait repoussée, cela n'aurait pas été trop grave, en tout cas, elle aurait été moins exposée ! Et elle, Gulundshaa, aurait pu pareillement rendre de menus services au père et à ses enfants. Mais maintenant ?

Dans ses tendres années, Gulundshaa avait été un fruit convoité, mais défendu. Les hommes ne semblaient pas avoir le courage de le cueillir en secret pour s'offrir une belle nuit. Entourée très tôt du doux parfum du péché par sa mère devenue veuve toute jeune, la gamine avait du mal à attendre et à renoncer à ce qui était accordé à ses compagnes. Aussi à dix-huit ans, âge déjà avancé pour l'époque, suivit-elle la voie tracée par son destin en séduisant un garnement qu'elle entraîna dans les terribles délices d'une première nuit d'amour. Le polisson dut jouer les fanfarons, car le soleil n'était pas encore couché que le suivant se présentait déjà. Gulundshaa n'était pas fille à changer de cavalier comme un cheval qui va l'amble, et elle ne le devint jamais. Mais elle avait désormais en elle l'odeur et le goût du plaisir, aussi lui fallut-il de temps en temps prendre un amant pour chasser de son corps ces chimères. Ce qui devait arriver arriva : elle se retrouva enceinte. Elle se demanda longtemps de qui était l'enfant. Mais même si elle l'avait tout de suite su, cela n'aurait pas simplifié les choses. Sa mère ne lui fit aucun reproche. Plus un seul homme ne se présenta, il leur fallait attendre. Vint l'enfant, un garçon. Ce fut dur, mais bien cependant, car mère et fille n'étaient plus si seules. Dans cette yourte sans homme, il y en avait de nouveau un.

L'un après l'autre, les hommes revenaient puis repartaient. Mi-déçus, mi-soulagés, se disait Gulundshaa. Revint aussi celui dont l'enfant était issu. Comme la plupart des lutteurs, c'était un homme de petite taille au corps solide et à l'esprit faible. Il ne s'était d'ailleurs même pas présenté avec un mouton pour le bouillon, ou au moins avec un lange, non, tout ce qu'il voulait, c'était passer la nuit avec elle et partager son lit ! Gulundshaa saisit la casquette qu'il avait depuis un moment déposée sur le coffre de la *dör*, à côté des objets précieux de la famille, la posa sur les genoux de l'homme et lui dit : « Va-t'en, et veille à ce que nos routes ne se croisent plus jamais ! » Son ton était doux, presque un murmure, une prière, mais il dut comprendre que sous le calme apparent de l'ancienne *tajshy*, de cette personne aux os blancs, se tenait tapi un petit animal, un fauve prêt à bondir, car on ne le revit plus. Ce fut Schuumur qui vint à sa place. Il était jeune, sans expérience et entêté. Il ne tarda donc pas à faire bouillir le sang de la jeune femme. Pourtant, elle se contint longtemps. Elle aimait voir souffrir ce garçon vigoureux, brûlant de curiosité et fou de désir. Mais ce plaisir finit par laisser place à la pitié. Elle accueillit le garçon comme un être humilié à consoler, un malade à soigner, un enfant à éduquer. Sa passion fut vite assouvie, tandis que celle de Gulundshaa s'éveillait à peine. Il s'endormit alors qu'elle ne pouvait trouver le sommeil. Allongée près de lui, elle était embrasée par son ardeur à lui et par son propre feu. De l'autre côté d'elle, elle sentait la présence de son enfant dans le berceau. Entre ces deux êtres endormis, elle ne sut alors quoi faire, pas plus que par la suite. Le lendemain matin, après avoir dormi tout son soûl, il se leva et s'en fut, dégrisé et repu. Elle le suivit des yeux en se disant : « Il en ira toujours ainsi. Ils viennent tout enflammés, obtiennent ce qu'ils désirent et s'en repartent indifférents. Quand la flamme est consumée et l'incendie éteint, pourquoi revenir... ? » Or le soir même, Schuumur était de retour. Gulundshaa versa quelques larmes en cachette, tout en mettant sur le feu le chaudron pour le thé, en trayant les bêtes et en préparant les lits. Il lui fallut bien sûr installer pour lui une couche dans la *dör*, par égard pour sa mère qui en faisait de même quand elle avait un visiteur. Cette couche n'était là que pour sauver les apparences. Gulundshaa mit un soin tout particulier à préparer la sienne, la prévoyant aussi large que possible. Cette nuit fut très belle. Et au fil du temps, les nuits devinrent de plus en plus belles. Ils apprirent à se connaître, et un lien commença à naître entre eux. Schuumur était un homme silencieux qui semblait rude et taciturne, mais il pouvait se montrer différent, tendre et aussi un peu vaniteux. Le soir, elle avait l'impression qu'il n'ôtait pas seulement ses vêtements, mais aussi une enveloppe invisible cachée dessous. Peu à peu, l'amertume de Gulundshaa s'évanouissait. Sa vie était devenue une merveilleuse nuit qui, quoique beaucoup trop courte, revenait toujours, chaque fois pareille à un échantillon du bonheur, à un intermède éblouissant au cœur d'un long rêve lumineux. Schuumur ne semblait pas penser à l'avenir, Gulundshaa non plus, ou presque pas. Elle se demandait seulement de temps en temps ce qu'ils allaient devenir tous les deux. Cette pensée en engendrait d'autres : Qu'allait-il advenir de l'enfant et de sa mère à elle ? Bien que les questions fussent nombreuses, elle n'y trouvait pas la moindre réponse. Déconcertée, elle ne voulait pas pour autant renoncer au bonheur tout proche. Elle ne réfléchissait pas, elle prenait et donnait sans réserve. C'était plus fort qu'elle. Elle désirait avoir Schuumur pour époux, mais impossible de le lui dire. Pourtant un jour, un mot lui échappa. On aurait cru que l'homme avait été frappé non par une parole, mais par un coup de feu. Il la regarda comme personne encore ne l'avait fait. Ce qui émana de lui, effleurant son visage et ses membres avant de disparaître aussitôt, ne pouvait être ni de la joie ni de la colère ni de l'effroi. Ce n'était peut-être que du désarroi. Bien que Gulundshaa fût touchée elle-même, la pitié l'emporta sur la déception. Aussi changea-t-elle immédiatement de sujet, parlant de choses sans importance pour tenter d'effacer les traces de cette pensée interdite. Néanmoins, longtemps elle se sentit profondément coupable envers lui en y songeant. La parole qui lui avait échappé, pendant une minute de lucidité en un instant de grand bonheur, demeurait comme une blessure inguérissable ; durant toutes ces années, ses minces fils douloureux ne lâchèrent pas. Et voici qu'elle la sentait de nouveau, aussi présente que près de vingt ans plus tôt. Tout ceci s'était déroulé en hiver.

Avec le printemps vint une décision qui fut pour elle une grande déception. Schuumur se maria. Ce fut un mariage rapide et discret, sans préparatifs ni fête. Il ne lui avait rien dit. Et personne d'autre ne lui en avait parlé. Elle s'était retrouvée brutalement mise devant le fait accompli. La vie de Gulundshaa se poursuivit dans une sorte d'hébétude. Il y avait à cela plus de raisons que quiconque n'aurait pu le supposer. Elle était enceinte et pour l'instant seule à le savoir. Mais cette fois, elle n'ignorait pas de qui était l'enfant. Tout ce temps, elle n'avait eu que cet homme. Et maintenant encore, elle n'en voulait curieusement aucun autre. Cela se passait l'année du Singe Blanc, de sinistre mémoire. Le printemps précoce fut beau au début, mais le temps changea brusquement et se détraqua durablement. Les tempêtes de neige se succédaient, faisant souvent rage jour et nuit. Quand la neige eut enfin disparu, balayée et dispersée par le vent, on eut à subir de sombres orages. Puis vinrent les tempêtes de sable qui se prolongèrent jusqu'au cœur de l'été. Les troupeaux diminuaient à vue d'œil et risquaient de périr jusqu'à la dernière bête. Les gens luttaient de toutes leurs forces pour survivre. Là où il y avait un homme, il était le pilier autour duquel tous se rassemblaient, auquel tous se cramponnaient. Là où il n'y en avait pas, il fallait être son propre pilier pour sauver ses bêtes et ses quelques biens. Gulundshaa et sa mère faisaient ce qu'elles pouvaient. Mais leur troupeau, déjà très mal en point, souffrait beaucoup. Il n'en resta pas grand-chose. Cela ébranla jusque dans ses fondements l'existence de ces deux femmes abandonnées et délaissées. Cependant cette année-là, il y eut encore pire : Gulundshaa fit une fausse couche, sans nul doute due au surmenage, au froid, au manque de sommeil et à la malnutrition. De nombreuses femelles perdaient elles aussi leurs petits. Le plus souvent, elles n'y survivaient pas. La vie de

Gulundshaa resta longtemps suspendue à un fil. Elle connut des jours et des nuits de fièvre et de délire. Elle ne buvait quasiment plus que l'urine de sa mère. À la fin, elle s'était habituée à son goût, n'éprouvant plus de répulsion quand il lui fallait avaler encore chaud le liquide jaune foncé à l'odeur âcre. Elle le buvait lentement, à petites gorgées, en pensant avec reconnaissance à celle qui lui en faisait don : quelle chance d'avoir sa mère, sinon sa mort eût été quasiment certaine ! Or elle voulait vivre, même si auparavant, quand Schuumur l'avait quittée, elle avait parfois pensé à la mort. Maintenant, elle voulait accepter jusqu'à cet abandon et continuer à lutter, fût-ce sans Schuumur, fût-ce solitaire aux côtés d'un enfant sans père et d'une mère sans homme ni honneur. Elle resta en vie. Les tempêtes faisaient rage, d'autres bêtes crevaient. Mais cela n'avait plus la même importance. Avoir eu la chance de survivre lui permettait de considérer de haut, avec sérénité, les petits tracas de la vie. Sa mère elle aussi paraissait bien campée dans l'existence. Elle était heureuse que sa fille soit sauvée. C'est alors qu'un jour survint Schuumur. Gulundshaa s'était si souvent imaginé comment elle se comporterait si d'aventure ils se rencontraient ! Elle s'était dit ou plutôt avait tenté de se convaincre qu'elle le chasserait en le couvrant d'amers reproches. Et pourtant, avec quelle ardeur n'avait-elle pas désiré qu'ils se retrouvent et que leurs chemins se croisent et se recroisent ? Elle avait néanmoins exclu qu'il puisse venir de lui-même, surtout dès les premiers mois. Bouleversée, comme paralysée, elle ne savait si elle était heureuse ou furieuse. Peut-être les deux à la fois. Schuumur n'avait pas changé : il était sombre et taciturne, seule la flamme de son regard brûlait d'un feu plus vif. Gulundshaa sut aussitôt qu'il n'était pas heureux. Cela lui procura une sorte de satisfaction et de consolation. À l'époque, elle n'avait pu se résoudre à lui dire qu'elle était enceinte de lui. Elle avait pensé que cela aurait risqué de le faire fuir. Or voici qu'elle était sur le point de lui en parler après coup, comme de la fausse couche qui l'avait menée à deux doigts de la mort. Mais elle éprouva une sorte de crainte, redoutant qu'il ne s'effraie et ne s'en aille. Elle voulait le retenir aussi longtemps que possible. Et il resta. Elle en ressentit autant de peur que de joie. Elle n'était pas parvenue à lui avouer qu'elle ne pouvait se donner à lui. C'est seulement dans l'obscurité qu'elle lui chuchota à l'oreille, quand il s'approcha d'elle une fois au lit : « C'est impossible, je ne peux pas ! » Il ne comprit pas, ne voulut rien entendre, et s'emporta. Elle pleurait en silence. « C'est impossible. Ne te fâche pas, je t'en prie ! » Cela ne fit qu'augmenter sa colère. Elle l'implorait, le suppliait : « Peut-être dans un mois, peut-être même avant. Alors tu viendras, je t'en prie, et même plus souvent, si tu le souhaites ! » Elle essayait de donner davantage de poids à ses paroles en les accompagnant de ses larmes. Incapable de saisir, il finit par se lever d'un bond pour gagner sa couche. Contrairement à son habitude, il ne prit aucune précaution, lui qui pourtant veillait toujours à éviter le moindre bruit au moment où les ténèbres s'effaçaient devant le jour. Il était humilié. Elle ne ferma pas l'œil de la nuit. Apparemment, il ne dormait pas non plus. Il n'arrêtait pas de se racler la gorge, on eût dit qu'il cherchait à se libérer et à recracher la rage qui envahissait sa poitrine, telle une masse épaisse et poisseuse menaçant de lui écraser cœur et poumons. Elle aurait tant aimé se faufiler pour le rejoindre, s'allonger contre lui, le serrer dans ses bras, le caresser, l'embrasser et chasser de mille façons la colère qui l'habitait. Mais il lui fallait rester à sa place, car elle ne savait pas comment il pourrait l'accueillir sans réclamer ce à quoi il s'était attendu et préparé. D'ailleurs elle-même ignorait si elle supporterait la situation, une fois excitée, enfin couchée de nouveau peau à peau, pore à pore contre cette autre moitié de son être qui lui avait si longtemps manqué. Ce fut une longue, infiniment longue nuit. Il ne sembla s'assoupir que vers le matin. Quant à elle, elle se leva et quitta la yourte pour aller dans la steppe où, suffisamment éloignée de l'*aïl,* elle éclata en gros sanglots. Elle pleura tout son soûl sous les étoiles pâlissantes.

Peu à peu, la braise s'éteignit et le poêle se tut. Gulundshaa posa la main sur le couvercle de la marmite en cuivre et constata que le bouillon était encore assez chaud. Elle rajouta pourtant du bois, posant les bûches sur la cendre chaude en prenant soin d'en placer l'extrémité au-dessus du foyer afin de les faire sécher et de les réchauffer sans qu'elles ne s'enflamment ; il suffirait de remuer la cendre pour que le bois de mélèze prenne feu tout de suite. La jument et le poulain venaient de se taire, sans doute pour reprendre des forces.

Il était encore trop tôt et l'éclat de la lune restait trop vif pour que Gulundshaa soit terrassée par le sommeil. Le silence qui régnait dans la yourte et alentour rendait plus perceptible le souffle de la nuit, ainsi que le murmure du fleuve, des forêts et des vents descendus sur la vallée, comme portés par des ailes légères jusqu'à son oreille aux aguets. Gulundshaa sentait croître son impatience. Elle se demandait si elle avait bien ou mal agi, et son jugement hésitant tendait à conclure par la négative. J'aurais dû m'arrêter avec ma yourte là où j'étais tout d'abord, se disait-elle, pleine de regrets. Même si la proximité avait suscité des cancans, personne n'aurait pu lui reprocher de s'être imposée et immiscée dans la vie des autres.

Lorsque son fils avait été enrôlé dans l'armée, elle s'était installée devant Ulug-Chaja, dans le large méandre du grand fleuve. Ce lieu constituait la frontière entre la zone d'habitat et le territoire où s'abritaient ceux qui ne pouvaient mener une vie nomade. Pour la plupart pauvres, solitaires ou malmenés d'une quelconque façon par le destin, ils avaient tous la volonté farouche de ne plus jamais servir un *baj*. Il y avait tout juste une douzaine de yourtes, les unes légèrement écartées, les autres un peu plus rapprochées. Sans doute chaque nouvel arrivant avait-il craint que les autres aient davantage que lui le droit d'occuper ce coin de terre. À moins qu'il n'ait tenu, dans les premiers temps de la misère, à ne pas imposer aux autres le spectacle de sa pauvre vie. Les motivations avaient pu être aussi d'une autre nature. Quoi qu'il en soit, les yourtes étaient disposées de telle sorte qu'il était difficile à un observateur de dire s'il s'agissait d'un seul *aïl* ou de plusieurs. L'*aïl* dont faisait partie la yourte de Gulundshaa comptait trois yourtes. Deux d'entre elles repartirent, emportées par le vent qui mène le peuple nomade. Bien que réprimée, la nostalgie du souffle frais des sommets enneigés revenait sans cesse, ainsi que le désir de vivre tout au long d'un été les joies et les difficultés de la vie errante ; et c'est ainsi qu'ils s'en étaient allés. Demeurée seule au milieu de l'*aïl*, dans cet espace piétiné, lassant de nudité, Gulundshaa se sentait abandonnée comme jamais encore. Elle se demanda ce qui lui restait à faire et envisagea diverses possibilités, souffrant de se sentir dans une impasse. Les journées étaient sans joie, sans fin, comme les nuits. C'est à ce moment-là qu'elle apprit que Schuumur et sa famille passaient seuls l'été à Erik-Arga. Loin de vouloir disparaître, la vieille douleur se raviva. Singulièrement, ce n'était pas tant lui, mais ses enfants qui emplissaient les pensées et les rêves de Gulundshaa. Cela commençait par Schimej, son propre fils unique qui vivait à l'étranger, en des contrées qu'elle ne connaissait pas. Elle l'imaginait solitaire, assoiffé d'amour maternel. Pourtant, si elle parvenait à se le représenter, à entendre ses plaintes et à ressentir ses souffrances, elle ne pouvait pas l'atteindre. Elle était là, y restait, assistant impuissante à sa vie là-bas. Une vie difficile. Mais la sienne ici l'était aussi. Ah, se disait-elle sans comprendre, pourquoi suis-je donc toujours séparée de ceux que j'aime ! Elle se faisait l'effet d'une jument aux pis gonflés de lait qui ne trouve nul être pour les vider. Son poulain n'était-il pas proche, tout plein de vie ? Pourquoi ne leur était-il pas donné de se rejoindre ? Dans ses rêves, un abîme invisible les séparait : tandis qu'elle courait en tous sens sur l'un des bords, avec ses pis chauds et gonflés, le poulain restait sur l'autre. Dans sa vision nocturne, Schimej demeura encore un moment, puis s'en fut sans qu'elle sache s'il s'éloignait d'elle déçu ou continuait à chercher un sentier menant vers elle. Elle le suivit, et il la conduisit auprès des enfants de Schuumur. Ils se tenaient les uns à côté des autres, semblant attendre quelqu'un. Ils accueillirent Schimej qui prit place parmi eux. Gulundshaa remarqua qu'ils se réjouissaient de son arrivée, surtout Dombuk qui, rougissante de bonheur, détournait pudiquement son regard et semblait même trembler doucement. Avec félicité, Gulundshaa se représenta la fillette aux cheveux noirs, droite et élancée, bientôt femme, comme sa future belle-fille. Mais il lui sembla aussi remarquer que Dombuk et les autres enfants de Schuumur souffraient de leur vie d'orphelins et se languissaient de l'amour d'une mère. Avec quel plaisir Gulundshaa ne leur aurait-elle pas donné une part de sa débordante affection, toute la part dont ils auraient eu besoin. Elle se serait occupée d'eux comme une mère, non comme une belle-mère. Mais par quel moyen leur manifester cet amour qui ne pouvait s'exprimer qu'à travers sa sollicitude ? Elle réfléchit et crut avoir trouvé une solution, cependant le doute ne tarda pas à s'emparer d'elle et ses pensées rebroussèrent chemin. Elle tâtonnait, cherchant un moyen d'agir, mais elle était si troublée qu'elle se disait à chaque fois que ce n'était pas possible. C'est alors que les yourtes voisines s'en furent. Cela renforça son envie de partir elle aussi pour se rapprocher des enfants de Schuumur. Forte de ce désir, elle voulait répondre à leur besoin d'assistance et d'amour. Elle décida de suivre les traces de la famille de Schuumur. Se posa alors la question des bêtes de somme : où les trouver ? D'autres interrogations surgirent. Qui lui prêterait main-forte, qui guiderait le bétail près de la caravane ? Le hasard lui vint en aide, exigeant un nouveau sacrifice.

Gulundshaa arpentait la steppe, un panier sur l'épaule et une fourche à long manche dans la main. Elle allait d'un tas de fumier à l'autre, l'observant d'abord, puis le tâtant, le retournant et le tapotant avec sa fourche ; s'il s'avérait sec, elle glissait par-dessous les dents écartées de la fourche et le soulevait. Quand l'extrémité de la fourche parvenait à hauteur de son aisselle, elle lui imprimait un bref mouvement et le fumier volait par-dessus son épaule jusque dans le panier. Elle suivait les traces desséchées des yaks, tandis que ses pensées voguaient bien loin, en quête de bêtes de somme et d'un compagnon de route. Elles parcouraient d'un bout à l'autre le monde connu d'elle, s'arrêtant ici ou là, piquetant, picorant une idée, à la recherche d'une voie d'où surgiraient bêtes et homme. La fourche s'engagea sous un tas de fumier, le souleva, puis s'immobilisa. La femme avait perçu l'intrusion d'un étranger sur son territoire : elle leva les yeux et découvrit au bout du chemin, comme au milieu d'un mirage, une tache sombre qui gagna bientôt en largeur et en hauteur. Elle retrouva ses esprits. Une caravane, se dit-elle. Mais elle rejeta aussitôt cette supposition : non, personne n'était resté là et nul ne viendrait en ce moment s'y installer avec sa yourte. Tout le monde avait fui les moustiques et la chaleur pour aller se réfugier près des glaciers, tous, sauf le gardien chargé de veiller sur les réserves et sur les huttes où la vie ne serait de retour qu'après l'été. Peut-être était-ce quelqu'un qui avait dû laisser des chevaux ou des yaks sur les pâturages d'hiver et revenait maintenant les chercher ? Se détachant sur l'air frémissant, la tache continua à s'approcher. Gulundshaa distinguait maintenant un cavalier qui tirait derrière lui un troupeau de chevaux attachés par une corde. Son cœur se mit à battre plus vite, elle se pencha à la hâte pour se débarrasser de la courroie du panier, tapota ses vêtements pour en faire tomber les bouts de fumier et lissa ses cheveux qui dépassaient de son *toortschak*. Même si le cavalier ne risquait pas de passer auprès d'elle sans la remarquer, elle alla se camper au milieu du chemin. C'était l'artère principale qu'empruntaient bêtes et gens à l'automne et au printemps pour descendre ou remonter le fleuve. Souvent une caravane suivait l'autre en une circulation incessante. Il fallait parfois des heures avant que le flot ne soit passé et on entendait tout ce temps des voix, des cris d'animaux et des aboiements, pendant que stagnaient au-dessus du chemin, les jours sans vent, des nuages de poussière rougeâtre. Mais en été, tout était calme. Il arrivait que l'on n'y croise pas âme qui vive durant des jours. Seuls les petits troupeaux paisibles des familles sédentaires le traversaient matin et soir pour aller dans les pâturages ou en revenir. Ce chemin que les anciens nomades appelaient la Voie Dorée, et qui gardait la marque de leurs pas et de leurs prières, restait donc délaissé et abandonné, se desséchant sous le soleil d'été.

C'est alors que Gulundshaa reconnut le cavalier avec un sentiment de malaise. Il s'agissait d'un individu que diverses raisons nous amènent à laisser traverser notre récit sans lui donner de nom. Cet homme avait été pour Gulundshaa un cauchemar. Dans les tout premiers temps, alors que les autochtones ne l'appelaient que la réfugiée et qu'elle vivait dans un *chatgyyr*, un homme encore jeune était arrivé. Il lui posa quelques questions et dit, avant de repartir, qu'il viendrait lui rendre visite dans la nuit. Gulundshaa pensa qu'il s'agissait d'une plaisanterie sans conséquence, comme les gens du coin en faisaient volontiers. Mais cette nuit-là, effectivement, il vint. Elle lutta longtemps pour se défendre. Schimej, âgé de trois ans à l'époque, se réveilla. Mais l'homme s'obstina, les plaintes de l'enfant ne semblaient pas le déranger. Dans sa détresse, Gulundshaa le pria d'attendre que le petit se soit rendormi. L'homme recula jusqu'à la paroi du *chatgyyr*. Mais l'enfant ne se rendormait pas. Il sentait la présence d'un étranger. Il voulait savoir de qui il s'agissait et pourquoi il était là. Elle lui dit qu'il n'y avait personne et tenta de le persuader qu'il avait rêvé et qu'il devait se rendormir. Méfiant, le petit prêtait toutefois l'oreille, et resta longtemps éveillé. Gulundshaa dut jouer la comédie et faire comme si elle soupirait et ronflait pour qu'il retrouve plus vite le sommeil. L'étranger restait silencieux, comme figé ; l'attente devait lui être pénible. À moins qu'elle n'ait été pour lui un avant-goût de ces plaisirs à venir qu'elle lui avait pratiquement promis. Elle était triste de l'avoir fait, et réfléchissait au moyen de se tirer d'affaire. Mais comment une femme qui vivait dans un *chatgyyr* pourrait-elle échapper à un homme ? Ce qui devait arriver arriva. Dès que la respiration de l'enfant se fit régulière, interrompue seulement par des soupirs qui devinrent bientôt de légers ronflements, l'homme s'approcha en rampant. Il écarta la petite main de l'enfant posée sur le cou de sa mère et attira brusquement la femme contre lui. Il était excité, maladroit, et ses lourdes mains rudes lui faisaient mal. Elle dut serrer les dents pour ne pas crier de douleur et, pour étouffer sa souffrance, fermer les yeux si fort qu'elle en vit des étincelles. La masse de chair qui se vautrait sur elle n'était que râles et halètements. Elle dégageait une chaleur et une âcre odeur de sueur qui lui levaient le cœur. Elle avait envie de vomir, mais se retint. Couchée là, apparemment calme, patiente et experte, elle attendait la fin. Cela ne dut pas durer très longtemps, bien que ce fût pour elle comme une éternité. Tout ce temps, elle se disait que l'homme risquait de revenir, encore et encore, et cette pensée était presque plus horrible que ce qui était en train de se passer. Elle eut alors une idée. Quand la masse de chair, en nage et repue, s'écarta enfin d'elle, elle s'assit pour chercher quelque chose à tâtons dans la partie de la hutte qui servait de cuisine. Puis elle sortit en rampant. L'été était déjà sur son déclin et, tout en haut du ciel, la lune brillait d'une lumière crue ; elle semblait extrêmement lointaine, inaccessible. On aurait dit que le monde était béat, tel un être rassasié qui s'est détourné, satisfait. Gulundshaa lança d'un ton résolu : « Hé, toi, sors donc ! » Le *chatgyyr* branla et grinça ; au bout d'un moment, l'étranger se glissa au-dehors. Il avait enfilé une des manches de son *lawschak*, l'autre pendouillait avec le large pan du vêtement. L'homme avait l'air pitoyable. Elle l'attendait à trois pas de l'entrée de la hutte, un poignard à la main. Le torse penché en avant, la tête rentrée, elle brandissait son arme, prête à bondir. L'homme aperçut le poignard dans sa main et se figea un instant. Puis il balbutia quelque chose, et tout en bégayant, tenta vainement d'esquisser un petit rire. Gulundshaa l'interrompit : « Homme, je te préviens ! Ne te risque plus jamais à t'approcher de moi ! Je ne suis pas la première venue, je suis fille de *beg* ! Aussi saurai-je défendre la blancheur de mes os, s'il le faut au prix du sang et de la mort ! » À ces mots, elle avança vers lui. Il recula et courut jusqu'à son cheval attaché non loin de là. Elle ne le suivit pas, mais resta près de sa hutte, le poignard brandi, attendant qu'il s'en aille. Il détacha l'animal, grimpa sur son dos et s'en fut, d'abord au pas, l'instant suivant au trot, et bientôt au galop. Elle laissa échapper son poignard et s'effondra. Elle fut prise de râles, se secoua, puis vinrent les larmes qui coulèrent enfin à flots. Elle finit par se ressaisir, se releva et alla jusqu'au ruisseau tout proche. Elle se dévêtit entièrement et se lava, agenouillée en un endroit où l'eau était assez profonde. Il y avait bien longtemps qu'elle ne s'était pas lavée avec une telle énergie. Elle avait presque retrouvé son calme, et était bien décidée à se défendre dorénavant contre quiconque et en toutes circonstances, comme elle l'avait dit à l'étranger. Elle apprit par la suite qui était cet homme et quel était son nom. Leurs chemins se croisèrent parfois. Mais le silence régnait entre eux deux.

Les années avaient passé. Et maintenant, que faire ? Gulundshaa aurait voulu disparaître, mais comment l'aurait-elle pu, au milieu de la steppe, alors que du plus loin qu'elle l'avait vu, elle avait manifesté son intention de lui parler ? Elle n'avait plus qu'à rester là où elle se trouvait. Il arrive souvent qu'un danger qui vous frôle vous angoisse davantage que celui qui fond sur vous. C'était exactement le cas. Gulundshaa se ressaisit bien vite, se remémorant l'image pitoyable du lâche qu'elle avait mis en fuite bien des années plus tôt, et ce souvenir réveilla en elle la fureur passée, seulement endormie au fil du temps. Aussi accueillit-elle l'arrivant, la tête haute et le regard hardi, en lui lançant d'un ton railleur : « Salut à toi, jeune homme ! » L'homme répondit par monosyllabes. Il était manifestement effondré. Lui qui d'ordinaire s'habillait toujours avec un grand soin était engoncé dans un *dshagy*. Une lanière de cuir enserrait sa grosse bedaine avachie sur le pommeau de la selle. Même ses bottes étaient vieilles et éculées. Seul le foulard qui lui couvrait la tête était neuf, et ses trois extrémités soigneusement rassemblées sur le front formaient un tout petit nœud. Mais ce n'était qu'un foulard et non une casquette à visière, en outre, il était fait dans cette étoffe bigarrée et bon marché que les réfugiés utilisaient des années auparavant pour se vêtir et qui ne servait plus aujourd'hui que pour les doublures ou d'autres modestes usages. Les cheveux qui dépassaient du foulard étaient encore parfaitement noirs, mais comme en dépit d'eux, le visage était précocement vieilli. Elle constata tout cela en un clin d'œil, tandis qu'il lui lançait son bref salut. Elle engagea avec lui une petite conversation. Or chacune des paroles qu'elle lui adressait en plaisantant comme on lance un *gashyk* semblait réveiller peu à peu son ardeur et son désir. Aussi eut-elle vite fait de l'amener là où elle le souhaitait pour exprimer son intention. « Eh bien, pourquoi pas ! » dit-il grand seigneur, en ajoutant toutefois : « Je crains seulement, belle dame, que mes services ne vous coûtent trop cher ! » C'était une plaisanterie, assurément, mais elle comprit parfaitement la menace implicite. Elle resta néanmoins à couvert, provisoirement protégée par son stratagème : « N'ayez crainte, jeune homme. La fourrure de marmotte et le morceau de brique de thé auxquels vous songez sûrement seront à vous, avec un chevreau plein de vie aux oreilles courtes et au poil jaune d'or ! » « Et quand souhaitez-vous partir, belle dame ? » « Si possible, tout de suite ! » « Bon. Mais nous serons obligés de nous arrêter en route pour la nuit. » « Allons donc, il n'est pas encore midi ! » Ils finirent par tomber d'accord, et peu de temps après, ils chargeaient la yourte sur quatre chevaux. Au besoin, trois chevaux auraient fait l'affaire, car c'était une toute petite yourte avec seulement quatre parois en treillis. On sella le cinquième cheval pour Gulundshaa. Il s'agissait d'un cheval noir qui marchait l'amble, un animal célèbre comme tous ses congénères. D'autant plus qu'il servait de monture à l'épouse de cet homme, et qu'on ne le connaissait qu'avec un harnais en argent. Cette bête célèbre, presque sacrée, semblait travestie sous le pauvre harnachement de bric et de broc que Gulundshaa avait constitué pour son fils adolescent. Son propre harnais était resté à l'époque tout en haut du glacier d'Örmegejti, avec son cheval. Gulundshaa se sentit gênée de toucher le cheval noir et de le monter. Les voisins accourus pour donner un coup de main laissaient échapper depuis un moment des remarques ironiques ; dès qu'elle aurait le dos tourné, ces plaisanteries deviendraient des rumeurs et l'on échafauderait des hypothèses qui elles-mêmes feraient naître de nouveaux commérages. Aussi chercha-t-elle à dissimuler ses sursauts de mauvaise conscience en badinant avec un peu trop d'enjouement. À midi, la yourte prit la route, suivie par le troupeau. C'était une minuscule caravane, un petit convoi morcelé. Poussant le troupeau devant eux, ils menaient chacun à la longe deux chevaux attachés ensemble. Ils se racontaient l'essentiel, de petites histoires sans importance pour les autres. Gulundshaa apprit qu'il était en route depuis six jours déjà et avait fouillé tout Baschgy-Dag, Chara-Dag, Terektig et Bajyn avant de retrouver près du fleuve Oogar les chevaux perdus au printemps pendant une tempête de neige. Gulundshaa ne savait qu'approximativement où se trouvaient ces montagnes et ces vallées, elle devinait seulement que le fleuve qui coulait derrière elles devait longer la frontière avec la Russie. Mais elle lui savait gré de son récit, car d'une certaine manière, elle supportait mieux sa présence s'ils pouvaient converser. Elle lui parla à son tour de ce qu'elle-même connaissait. Toutefois peu à peu, elle sentait son malaise se transformer en peur croissante à chaque empan parcouru par le soleil. Il lui raconta qu'en traversant le fleuve Ak-Chem, toutes ses affaires avaient été emportées par le flot de boue que charriait l'eau d'une blancheur laiteuse, si bien qu'il avait dû mettre les vêtements du gardien. On aurait dit qu'il s'excusait de son aspect inhabituel et peu flatteur. Arrivé à l'embouchure du haut Chörleet, il annonça que le but de la journée était atteint. D'un ton presque implorant, Gulundshaa répondit : « Mais le soleil commence à peine à descendre. Si nous continuons à la même allure, il fera encore jour quand nous arriverons ! » « Non ! » répliqua-t-il d'un ton brusque. « Je t'avais avertie que nous allions devoir faire une étape. Les chevaux sont fourbus. » Il ajouta ensuite : « Patiente encore une nuit ! Tu as tout l'été pour être avec lui ! » Bien qu'il ait prononcé ces paroles en plaisantant pour la taquiner, elle en fut atteinte. « Sottises ! », rétorqua-t-elle. Il ne lui vint pas d'autre répartie. D'autant que Schuumur et ses enfants étaient effectivement au cœur de ses pensées. Mais tout lui semblait si compliqué. Et voilà qu'elle devait répondre à sa propre interrogation : que décider maintenant ? Car Erik-Arga n'était plus qu'à deux ou trois vallées de là. La yourte fut vite déchargée. Et il ne fallut pas longtemps non plus pour monter une *delegej.* Il fit le nécessaire à l'extérieur de cet abri de fortune, détacha les chevaux en sueur, rassembla les ballots épars et les empila autour de la *delegej.* Elle s'affairait à l'intérieur, rangeant de manière à ce que l'on puisse s'asseoir et se coucher. Elle alla ensuite chercher de l'eau pour le thé. Enfin, elle prépara un repas. Cette image primitive, où une tranquille harmonie semblait régner entre l'homme et la femme, paraissait contenir toute la paix du monde, mais ce n'était qu'une apparence. En réalité, l'homme n'était qu'impatience, tandis que la femme tremblait de peur. La journée se traîna jusqu'au soir, puis vint la nuit, et ce qui devait arriver arriva. Elle ne tenta même pas de résister, cela n'aurait servi à rien. Il l'aurait contrainte de toute façon, et seul le grand Ciel savait ce qui se serait alors produit. Singulièrement, il était plus ardent qu'au temps de sa jeunesse, on l'aurait dit à présent insatiable, il revenait sans cesse à l'assaut, la traitant comme un cuir à tanner et à assouplir. Si elle avait voulu, elle aurait pu y prendre du plaisir. Au long de toutes ces années, elle avait rarement eu un homme, à part Schuumur. Au cours des deux dernières, elle avait vécu absolument sans homme, ne laissant aucun d'eux l'approcher. Elle n'aurait su dire pourquoi. Et maintenant, elle était là résignée, immobile et triste. Oui, triste, car elle se faisait l'effet d'être infidèle. Elle voyait détruit, perdu, ce qu'elle aurait dû préserver et conserver, que cela ait ou non un sens et une utilité. C'est pleine de sentiments contraires qu'elle commença la journée nouvelle : honte, joie et affliction mêlées. L'homme était satisfait et détendu, parfaitement paisible. Il dormait profondément, sans doute comme dans le lit conjugal, et quand il se fut enfin levé, il se comporta avec aussi peu de gêne que devant sa propre épouse, prenant plaisir à évoquer la nuit passée en la qualifiant de merveilleuse. Elle ne put qu'écouter en silence. Puis elle lui rappela qu'il ne fallait pas tarder à partir tant qu'il faisait encore frais. Elle le fit aussi pour mettre un terme à cette conversation pénible. « Prends ton temps, femme, dit-il après le thé, inutile de se presser. Notre but n'est plus qu'à un jet de lasso. La fraîcheur du matin profite mieux aux chevaux s'ils peuvent paître tout leur content, et à nous deux si nous prolongeons un peu le doux jeu de l'amour. » Puis il ajouta : « Pour ma part, j'en ai encore la force et l'envie ! » Il eut beau accompagner d'un rire ces paroles, ce rire de gorge sec et nerveux contenait une menace manifeste. Elle dut donc réfréner son impatience et réfléchir à la manière d'éviter le nouvel assaut de son désir. C'est alors qu'il s'éloigna pour ne revenir que vers midi. Il avait coupé quelques baguettes de saule pour battre la laine et une branche de bouleau pour accrocher la viande. La patience de Gulundshaa était à bout, aussi le pressa-t-elle encore une fois de se remettre en route, ce qui déclencha de nouvelles plaisanteries douteuses. « Pourquoi tant d'impatience ? À croire que la jeune dame a besoin d'une nuit de plus pour qu'on l'assouplisse davantage ? Ou faut-il se mettre tout de suite à la tâche ? » Effrayée, Gulundshaa comprit vite qu'il s'agissait de ruser, aussi éclata-t-elle d'un rire hardi. « Non, non ! Je suis souple et repue comme une grenouille. Et si vous vouliez de nouveau me rassasier, vieil ambitieux, je pourrais bien perdre toute mesure et aller raconter des choses susceptibles, qui sait, de revenir aux oreilles d'une certaine femme ! » Bien que l'homme ne fût pas mécontent d'entendre ces propos, en un sens ils lui firent peur.

Peu après, la caravane reprit enfin sa route. Gulundshaa envisageait de s'installer à portée de vue de Schuumur et de ses enfants, sans être toutefois à proximité directe, aussi choisit-elle la rive du fleuve. C'est là qu'à l'automne les nomades avaient coutume de faire halte sur le chemin du retour et souvent d'y passer la nuit. La yourte de Schuumur était installée plus haut, du côté de la forêt. La distance qui séparait les deux yourtes n'était pas négligeable, personne n'aurait pu croire qu'elles étaient ensemble et constituaient un *aïl*. Ils déchargèrent les fardeaux et commencèrent à dresser en cercle les treillis. C'est alors que les deux fils de Schuumur arrivèrent hors d'haleine. Ils racontèrent qu'ils ne parvenaient pas à libérer une jument de ses entraves et qu'elle risquait de crever. Ils les prièrent de les aider. Gulundshaa s'apprêtait à lier ensemble deux parois à claire-voie au moyen d'une corde tressée avec les poils de la queue d'un yak. Elle la lâcha pour se précipiter à toutes jambes aux côtés des garçons. Ils couraient tout en lui racontant ce qui était arrivé à la jument, et d'autres choses encore. L'homme les suivit un moment des yeux, l'air maussade, puis à longues enjambées, il se dirigea tranquillement vers son cheval. À mi-parcours, il rattrapa le bruyant trio et le toisa, mi-amusé, mi-courroucé. Le visage encore tout barbouillé de larmes, Dombuk accueillit les arrivants. « *Agaj, Awaj !* » leur lança-t-elle. Ce qui pouvait signifier aussi bien « Petit Oncle, Petite Tante ! » que « Petit frère, Petite sœur ! » Et d'une seule traite, elle leur fit le même récit que ses frères. Quand l'homme lui demanda pourquoi ils n'avaient pas coupé la corde, elle répondit avec impatience : « Mais à quoi pensez-vous, *Agaj* ? Tresser un lasso est un travail ardu ! Le sachant, irions-nous le trancher sous prétexte qu'un nœud est difficile à défaire ? Pas question ! Nous sommes de pauvres orphelins, et nous devons user avec parcimonie de nos maigres biens ! » La question sonnait comme un reproche, et la réponse plus encore. Il ne s'agissait donc pas seulement de la jument, le lasso aussi comptait. Les adultes se mirent au travail sans mot dire. Il leur fallut un bon moment avant de défaire le nœud. La jument ne parvint pas tout de suite à se relever sans aide, elle restait étendue, les membres engourdis et le regard terne. La bête avait été à deux doigts de la mort. Dombuk les couvrit tous les deux de bruyantes louanges, comme l'eût fait une grand-mère reconnaissante. Un peu plus tard, elle se précipita au campement de Gulundshaa. « Vous êtes vraiment sotte, *Awaj* ! » lui lança-t-elle avec une feinte colère, tout en lui donnant un coup de coude complice. « Ne pas venir nous rejoindre, alors que nous sommes là-haut ! Qu'attendez-vous ici, au bord du fleuve ? Les bestioles vont s'en prendre à votre yourte et bouffer le feutre, on dit d'ailleurs que se trouver si près de l'eau n'est pas bon non plus pour le bétail. Il paraît que le bruit et les éclaboussures apportées par le vent le dérangent pendant qu'il dort et rumine. Et puis vous y êtes si solitaire ! Voyez comme nous-mêmes vivons : c'est épouvantable ! Au lieu de vous rapprocher de nous et de nous tirer de notre solitude, vous voudriez vous y enfermer à votre tour ? Oh non ! Venez avec nous et sauvez-nous en vous sauvant vous-même ! »

Gulundshaa resta sans voix. Qu'aurait-elle pu souhaiter de mieux ? Cette gamine bavarde exprimait son désir secret ! Et pourtant, si tel n'était pas le souhait de Schuumur ? Elle hésita. Le moineau se mit à piailler : « Ne vous détournez pas de nous alors que nous avons tant besoin de vous ! » Tant besoin de vous ! Ces paroles continuaient à résonner aux oreilles de Gulundshaa comme des coups, or si ces coups lui faisaient mal, ils l'encourageaient aussi. Elle répondit : « D'accord ! » Et en fut toute effrayée. L'homme était dépité. C'est à dessein qu'il avait laissé les heures s'enfuir, se promettant une nouvelle nuit de plaisirs auprès de cette femme sans défense. Aussi la colère le submergea-t-elle, plus violente que le désir qui s'était éveillé et enflammé en lui au long de la journée. Il se précipita vers ses chevaux avec la fougue d'un tout jeune homme, les attacha à l'aide de son lasso, sauta en selle et s'en fut. Avec la poussière que soulevèrent les sabots des bêtes, et qui retomba après avoir flotté un moment en l'air, disparut aussi de notre histoire cet intrus. Quant à la femme et aux enfants, ils traînèrent les affaires un peu plus haut. Ils étaient si joyeux qu'aucun ne souffrit de cet effort.

Le chien aboya, ce qui déclencha un nouveau duo de hennissements. Gulundshaa avait bondi et se tenait dans l'embrasure de la porte avant même de s'en être rendu compte. Comme elle n'avait plus la force de tenir en place ni de réfléchir à ce qu'il convenait de faire, elle sortit. Le chien descendait le fleuve en aval, ce qui la déconcerta, car ses pensées s'étaient engagées dans la direction opposée, en quête de celui qu'elle attendait et dont elle croyait percevoir l'approche depuis un long moment déjà. Or le chien, doté d'un meilleur flair que le sien, partait en sens inverse. Ses aboiements étaient décidés. Elle se sentait désemparée. Puis elle se dit qu'il s'agissait peut-être d'un loup qui avait voulu s'en prendre à la clôture, ou d'un cavalier nocturne. Les bêtes s'étaient réveillées. Les yeux brillants des yaks femelles trahissaient leur inquiétude. Néanmoins, elle entendait le grognement sourd et le murmure régulier de leur rumination. Gulundshaa rentra dans la yourte et s'accroupit de nouveau près du foyer. Sa main tâta le chaudron de viande, il était encore assez chaud. Lui vint alors l'idée que celui qu'elle attendait souhaiterait aussi boire du thé brûlant après la viande et le bouillon. Suis-je bête ! se reprocha-t-elle. Je traîne ici la moitié de la nuit et il ne me vient pas à l'esprit ce à quoi l'enfant elle-même a dû penser, puisqu'elle a apporté du lait ! C'est une fille avisée, se dit-elle, et elle la vit de nouveau près de son fils Schimej, lui son fiancé, elle sa fiancée. Cette vision éveilla en elle un désir de fusion. Elle se languissait de la présence de Schuumur. Les bûches chaudes de mélèze n'étaient pas longues à prendre feu, les flammes claires et vives dansaient, éclairant la yourte dans ses moindres recoins. En elle aussi tout était lumineux. Elle eut plaisir à mettre sur le feu le petit récipient en fonte, à y verser de l'eau et à y poser le couvercle. Sa joie durait. Elle se servit d'un bout d'ardoise carré pour émietter quelques brins de la brique de thé et, soulevant légèrement le couvercle de la main gauche, elle les dispersa dans le pot avec un peu de gros sel. Tout en reposant le couvercle, elle pencha la tête et prêta l'oreille attentivement. Les aboiements s'étaient tus.

Elle entendit un piétinement de sabots, suivi du bref et sourd cri d'un chameau. Elle sortit et resta comme pétrifiée, d'abord de joie, puis d'effroi : devant la yourte voisine, Schuumur descendait de cheval, et derrière lui, il y avait quatre chameaux attachés les uns aux autres. Pourquoi des chameaux, se dit-elle, veut-il peut-être… ? Elle n'osait pas poursuivre sa pensée. Elle aurait tant voulu se précipiter, le saluer et l'aider à entraver les chameaux. Cela lui aurait permis d'y voir bien vite clair. Mais elle se sentait paralysée. Elle éprouvait cette gêne diffuse qui semble innée chez la femme touva, bien qu'elle vienne de son éducation. Elle ne put la surmonter : elle se retira dans sa propre yourte au lieu de suivre le mouvement naturel de son cœur de femme et de rejoindre l'homme tant désiré pour le couvrir de ses démonstrations d'amour, brisant ainsi la glace qui recouvrait le chemin de son bonheur. Schuumur ne vint pas.

Le thé était prêt, versé dans la théière en laiton posée à côté du foyer. Un arôme de lait et de sel s'élevait, mêlé à celui du beurre un peu rance de l'année passée et à quelque chose qui n'existait pas en soi mais naissait des différents ingrédients mélangés dans l'eau. Malgré son état d'excitation,

Gulundshaa avait envie de ce thé, mais elle ne pouvait toujours pas se résoudre à le boire seule. Elle se forçait à attendre, une lueur d'espoir demeurait, peut-être allait-il venir. Le temps passant, le thé avait perdu parfum et arôme, il était devenu tiède, puis froid, et elle n'avait plus eu ni l'envie ni la force de le boire. Le bouillon et la viande avaient eux aussi refroidi, inutile de toucher le couvercle de la marmite pour le savoir. Un moment, elle avait eu en main le petit récipient en bois et la pique en bouleau : elle s'apprêtait à repêcher les morceaux de viande, afin que la vapeur et la chaleur soient dissipées à l'arrivée de l'homme. Puis elle avait réfléchi et décidé de laisser la viande dans le bouillon jusqu'à ce qu'il soit là et qu'il ait bu le premier bol de thé. Comme l'extérieur de la viande aurait eu le temps de refroidir, il pourrait saisir les morceaux et les manger.

Elle avait suivi ses gestes avec attention. Elle le vit ainsi obliger les chameaux à s'agenouiller, puis à s'étendre, leur entraver les pattes avant et enfin les attacher un par un à un pieu en serrant bien la corde qui leur traversait les naseaux. Ensuite, il dessella son cheval et le lia court. Il fit quelques pas, se vida la vessie, imité par l'animal, et l'on entendit un clapotis sonore dans le silence de la nuit d'été. Maintenant il va venir, se dit-elle, et il voudra d'abord se laver les mains. Elle remplit donc la petite cruche à eau. Dans le coffre de la *dör,* elle prit l'essuie-main, un petit bout de lin bigarré qu'elle reposa aussitôt. L'autre l'avait utilisé. Que je suis négligente !

se reprocha-t-elle, pourquoi ne l'ai-je pas encore lavé ? ! Il ne lui resta plus qu'à se consoler en se disant qu'après s'être lavé les mains, ou même le visage, Schuumur pourrait toujours se sécher avec sa ceinture. Elle l'entendit entrer dans l'autre yourte. Le cœur battant, elle se rassura en se disant qu'il voulait sans doute voir d'abord ses enfants, peut-être aussi se débarbouiller, se débarrasser de la poussière et de la sueur de cette longue journée. Il allait et venait à grand bruit, heurtant les uns contre les autres les ustensiles de cuisine, battant le *gögeer* — il buvait donc du *choïtpak*. Elle se sentit défaillir ; pourtant pas question d'aller le chercher pour lui offrir le repas préparé à son intention, qui l'attendait depuis des heures déjà. Le calme se fit dans la yourte de Schuumur. Gulundshaa écarta la portière en feutre, passa la tête dehors et regarda : l'obscurité béait par le trou de fumée. Ses yeux s'emplirent de larmes.

Gulundshaa avait longtemps vécu dans l'attente, espérant retrouver sa mère ou avoir de ses nouvelles. Car au tout dernier moment, Gündej avait disparu avec quelques autres. En sa compagnie et celle de son fils, Gulundshaa avait eu la chance de surmonter sans dommage ces jours et ces nuits de fuite. Demeurés toujours ensemble, tous trois avaient atteint le milieu du glacier et aperçu le Chomdu-Altaï qui leur était inconnu, mais semblait une promesse de salut. C'est là que le malheur s'était produit. Dans la dernière partie de la montée, l'un des bœufs chargés de bagages avait glissé et dévalé la pente. On avait cru qu'il allait se briser les os, mais il ne fit pas la culbute en atteignant les cailloutis ; avec tout son chargement, il tomba dans un creux de terrain au milieu des rochers et y resta étendu. Puis il se remit sur pied et leva les yeux vers les hommes et les bêtes sur la crête du glacier. Gündej dit : « J'y vais » et avant que l'on ait pu répliquer, elle avait fait demi-tour à vive allure, tenant dans chaque main un bout de feutre. Posés en alternance sous les bottes, ils empêchaient le pied de glisser. Le bœuf portait les deux coffres contenant les objets précieux de la *gadyn* et de la *tajshy* d'autrefois. C'est pourquoi, malgré la peur qui la rongeait, Gulundshaa approuvait au fond d'elle-même le geste de sa mère qu'elle suivait et encourageait en pensée. D'ailleurs tout se passa bien, Gündej parvint saine et sauve jusqu'au bœuf. Mais c'est alors que des gémissements et des cris perçants s'élevèrent. Tous les yeux se tournèrent vers la queue du convoi, constituée d'une douzaine de femmes et d'enfants. Les malheureux, qui avaient perdu leurs chevaux en chemin, étaient épuisés et se traînaient. Or voici qu'ils se mettaient à courir à toutes jambes, regardant sans cesse en arrière en faisant de grands gestes. Cette agitation absurde semblait déclenchée par les hurlements tout aussi insensés qui résonnaient de plus en plus fort à mesure que les poursuivants se rapprochaient. Ils étaient nombreux, tous à cheval, tous armés. Aussi eurent-ils tôt fait de tomber à bras raccourcis sur les fuyards, leur assénant de violents coups de gourdin. Au milieu du vacarme général, Gulundshaa perçut la voix de sa mère. « Fuyez, fuyez ! » Et les chefs incitèrent tous ceux qui avaient déjà atteint la crête à reprendre la fuite aussi vite que possible. Elle dut ainsi abandonner sa mère à son sort et tout faire pour échapper au danger avec son enfant. Plusieurs jours après, quelques vieilles femmes les rejoignirent. Elles leur apprirent qu'il y avait eu peu de victimes. Gündej était indemne. Elle avait été vue parmi les fugitifs qu'on ramenait enchaînés à l'étrier d'un cavalier. Ils avaient crié aux autres qu'ils fuiraient dès qu'ils le pourraient. Effectivement, deux femmes y parvinrent par la suite, la première au bout de deux mois seulement. Il s'agissait d'une jeune personne taciturne, néanmoins on réussit à lui arracher quelques informations. Gulundshaa dut la prier et la supplier longtemps avant d'apprendre enfin qu'un chef kazakh avait choisi sa mère comme *tokal.* Bien que la femme qui lui transmit cette nouvelle eût retrouvé ses parents, ses frères et ses sœurs, elle ne parvint pas à se remettre. Elle portait en son sein un enfant étranger et mourut avant même sa naissance. La seconde femme arriva onze ans plus tard. C'était déjà une vieillarde, pourtant à l'époque où elle n'avait pu franchir le glacier, elle devait être à peu près du même âge que Gündej. Aujourd'hui, elle avait les cheveux gris. Contrairement à l'autre, elle parlait volontiers ; elle était venue, disait-elle, pour apprendre aux gens ce qu'il était arrivé aux infortunés. Elle leur fit un récit effroyable, affirmant qu'aucun d'entre eux n'avait eu la moindre chance. Pour sa part, elle avait été contrainte de mettre au monde trois enfants de trois hommes différents. Le premier fut conçu par un *batyr*, un guerrier héroïque. Elle était déjà enceinte quand il l'avait cédée à l'un de ses capitaines. Son garçon grandit au milieu d'une cohorte de femmes et d'enfants. Un autre suivit, mais mourut peu après sa naissance. Par la suite, le capitaine les vendit, elle et son fils, à un marchand chinois dont la femme venait de mourir. Bien que d'âge canonique, ce

Chinois réussit à l'engrosser de nouveau. Le petit mourut lui aussi en bas âge. La femme ne voulait plus porter les enfants d'un étranger et dès qu'elle eut repris quelques forces, elle se mit en route. Après des jours et des nuits de marche, elle atteignit la crête du glacier qu'elle n'était pas parvenue à franchir jadis. Il était tôt le matin lorsqu'elle découvrit pour la première fois le Chomdu-Altaï qui s'étendait à ses pieds comme le pays des merveilles. Le sommet des glaciers dont une moitié resplendissait dans la lumière crue tandis que l'autre jetait des ombres douces, les steppes et les collines embrasées par les ors de l'automne tout proche, les forêts bleu noir qu'on apercevait dans les replis des montagnes, tout ce monde nouveau et pourtant familier à force d'être désiré, lui inspirèrent des paroles fiévreuses entrecoupées de larmes abondantes. Son fils, un enfant de dix ans, lui demanda pourquoi elle pleurait et ce qu'elle disait dans cette langue incompréhensible. Au cours de toutes ces années, elle avait parlé et vécu comme une Kazakhe, si bien que sa langue maternelle, la langue de ses ancêtres, était étrangère à son fils. « Voici notre patrie, dit-elle d'un ton solennel en montrant le Chomdu-Altaï, c'est là que vivent nos parents. Et c'est là que nous allons ! » « Tu veux dire que c'est là que se trouvent notre *aul* et mon *ata* ? » demanda le garçon, incrédule. « L'*aul* et l'*ata* n'étaient pas les tiens. Nous ne sommes pas des Kazakhs, mais des Touvas ! » « Non, dit le garçon avec détermination. Kunanbaj Batyr est mon *ata*, il me l'a dit lui-même, et d'autres aussi me l'ont dit. Les Touvas sont crasseux et lâches, je ne veux pas être un Touva ! Je suis kazakh et je veux rentrer dans mon *aul.* » Sur ces mots, il tourna les talons et s'en fut. Sa mère le rattrapa et l'empoigna en hurlant : « Un pas de plus et je te tue, graine de vipère ! » Le gamin cria en retour : « Tu crois me faire peur, sale Touva ? Je suis un Kazakh, le fils du héros Kunanbaj Batyr ! » Elle le saisit à la gorge. Il tendit lui aussi les mains vers le cou de la femme. Mais elles étaient trop petites et il parvint seulement à la griffer. Ils luttèrent longtemps. Puis il apparut qu'elle était la plus forte. Elle l'étrangla. Elle resta un moment assise à pleurer, puis elle déposa un baiser sur le front enflé et violacé du garçon. Elle le poussa au bas du glacier, puis reprit seule le chemin de la fuite. Autrefois, son mari et ses enfants étaient arrivés indemnes, ils menaient à présent une vie décente. La moitié des enfants, devenus adultes, avaient fondé une famille. L'homme s'était remarié et avait eu d'autres enfants. Cette femme vécut encore quelque temps, racontant partout où elle allait des histoires épouvantables. Son comportement devint bizarre et un beau jour, on apprit qu'elle s'était noyée dans le fleuve. C'est par elle que Gulundshaa sut que sa mère avait servi à un Russe les premiers jours et qu'une fois celui-ci tombé, ses subalternes avaient pris la relève. Mais cela n'avait pas duré, car lors d'une querelle qui s'était terminée par une fusillade entre ces hommes, une balle l'avait touchée. Jusqu'alors Gulundshaa avait espéré, maintenant elle savait qu'il était vain d'attendre. Si elle n'avait pas eu Schuumur, elle aurait pu se sentir seule et malheureuse. Mais elle l'avait retrouvé. Elle avait en effet le sentiment étrange de le partager et elle était satisfaite de son sort. Elle n'en demandait pas plus, elle n'éprouvait d'ailleurs envers Dshajnaasch ni culpabilité, ni jalousie. Elle se souciait tout aussi peu des racontars. Quand il lui arrivait de devoir encaisser des remarques faussement bien intentionnées, elle se défendait : « C'est moi qui l'ai eu la première, et personne ne m'a demandé mon avis quand on me l'a pris pour l'accoupler à une autre ! » Aussi avait-elle la conscience claire. Une fois seulement, celle-ci se troubla et Gulundshaa en souffrit. Elle resta marquée par cette douleur qui resurgissait de temps en temps. Cela s'était passé ainsi : après s'être rassemblées vers la fin de l'été dans les creux bordant les trois fleuves et y avoir passé un long automne, toutes les familles s'apprêtaient à s'égailler dans les vallées où les *aïls* et les yourtes solitaires passaient l'hiver. Schuumur était l'un des rares à ne pas partir. Il venait d'installer son campement à Gysyk-Ushuk et sa yourte était par conséquent assez proche pour protéger des troupeaux étrangers les pâturages voisins. Celle de Gulundshaa se situait à deux *aïls* de là, en montant vers l'Ak-Chem. Elle faisait partie de l'*aïl* du *baj* Pagwy qui avait installé son campement à Saryg-Ödek dans les montagnes d'en face, de l'autre côté du fleuve. Il s'agissait d'un nouveau *baj* relativement jeune, autrefois voleur et prétendu chaman dans des contrées lointaines.

Aujourd'hui, il menait une vie paisible et honnête, se montrant sage et avisé. Moins âgée que lui, sa femme était l'une des trois filles d'un *baj* de renom et possédait un naturel bienveillant et nonchalant. Ce couple qui n'avait pas encore d'enfants était très gentil avec elle et Schimej. Cependant, le *baj* lui disait parfois : « Je n'arrive pas à me faire à tes histoires d'hommes. Si tu continues ainsi, tu vas rester seule pour le restant de tes jours ! » Prononcées par ce jeune homme, ces paroles avaient l'air d'une plaisanterie, aussi Gulundshaa répondait-elle sur le même ton : « Mais je ne veux pas d'homme ! »

Il ne vint jamais à l'idée du *baj* de l'importuner, lui qui l'aidait et la protégeait à l'occasion comme l'eût fait un époux. Eh oui, cela existait aussi. Mais n'était-ce pas justement pour cette raison qu'elle se sentait gênée vis-à-vis de lui ? Dans ce campement d'hiver à l'écart de tous, la venue de Schuumur lui aurait posé problème. Tandis qu'à la fin de l'automne, lorsque les gens allaient et venaient nuit et jour, que le flot des visiteurs était ininterrompu, que le flair des chiens fatigués semblait émoussé, on ne remarquait guère les visites quotidiennes de Schuumur qui arrivait le soir pour rester jusqu'au lendemain. À cette époque, ils eurent conscience de vivre les plus beaux moments de leur amour. Il leur fallait profiter pleinement des dernières nuits avant la séparation. Or un matin Dombuk surgit, alors que la pénombre régnait encore dans la yourte et alentour. Elle secoua timidement, mais avec insistance, la porte intérieure verrouillée. Elle s'avança sur le seuil, se mit sur la pointe des pieds et passa la main à l'intérieur, par-dessus le cadre de la porte, tentant de soulever le loquet qui bloquait les deux battants. Mais elle était trop petite pour y parvenir. Gulundshaa se leva et se dépêcha de s'habiller en prenant garde à ne pas faire de bruit. Lorsqu'elle souleva le loquet et que les battants de la porte s'écartèrent, elle découvrit l'enfant devant elle. Accrochée à la porte, la petite trébucha, puis se tint là, intimidée. Elle portait un *lawschak* molletonné et un bonnet en fourrure, mais elle était pieds nus. « Que se passe-t-il, mon enfant ? » demanda Gulundshaa d'une voix tremblante. « Notre bébé est mort. Ma mère dit qu'il faut que mon père vienne et qu'il l'emporte », répondit la petite. Schuumur se précipita et alla chercher son cheval attaché non loin de là. Dombuk repartit sans l'attendre. Il sella son cheval et s'en fut sans dire un mot. De l'hiver et du printemps, Gulundshaa ne le ne revit pas. Ils ne se retrouvèrent que dans les pâturages d'été. La nuit même, il vint la rejoindre et ce fut de nouveau très beau, mais elle sentit que cette douce ivresse, qu'elle avait tenue jusqu'alors pour la manifestation du bonheur, renfermait désormais quelque chose d'impossible à négliger ou à écarter. On eût dit une ombre glacée, un œil louchant dans leur direction, et cette gêne persista. Ils avaient beau tout se dire et tout explorer ensemble, ils passèrent sous silence ce fameux matin. Quel âge Dombuk pouvait-elle bien avoir à l'époque ? Huit ans ? Déjà neuf ? Pas plus, en tout cas. Ce jour-là, accrochée à la porte, elle avait les membres écartés, les jambes nues, les mollets bleuis et ses orteils couverts de boue semblaient tordus sous l'effet d'une crampe. À ce souvenir, Gulundshaa sut pourquoi elle n'était pas à l'aise devant Dombuk, pourtant si confiante.

Schuumur s'était douté que la yourte de Gulundshaa était arrivée à Erik-Arga, mais il n'avait pas imaginé qu'il puisse la trouver si près de la sienne ni que la femme l'attendrait tout feu tout flamme sous la lune et les étoiles. Quelle honte, se dit-il plein d'effroi. À la vue de la silhouette familière et redoutée sortant de la yourte éclairée, il perdit pied. Il lui sembla tomber la tête la première dans les braises. « Avec toi, tout est possible, mais jamais, au grand jamais, je n'aurais imaginé tant d'impudence ! » se dit-il, le souffle coupé. « Toute sa vie durant, tu as insulté ma compagne, la mère de mes enfants, mais apparemment, cela ne t'a pas encore suffi ! » C'est sans doute ce qu'il se dit plus tard, ou du moins ce qu'il voulut s'être dit pour mieux se défendre et se protéger. L'idéal aurait été de commencer tout de suite à démonter sa yourte, de la charger sur les chameaux et de se mettre en route avec toutes ses affaires. Mais c'était impossible à cause des enfants : la nuit avait beau être claire, ils dormaient profondément. Il aurait eu bien du mal à les réveiller et n'aurait sûrement pas réussi à les faire se lever. Il lui fallait par conséquent attendre le matin. Schuumur siffla d'un trait trois pleins bols de *choïtpak*. Il voulait calmer sa faim et étancher sa soif, mais aussi s'apaiser pour trouver plus vite le sommeil. Tout en buvant son *choïtpak*, puis en enlevant ses bottes et son *lawschak*, il jetait de temps en temps un coup d'œil sur les enfants endormis. Les garçons étendus en travers de la *dör* reposaient sur une peau de mouton, ils avaient pour couverture l'un de ses vieux *lawschaks* molletonnés. Serrés l'un contre l'autre, ils étaient étroitement enlacés. Leurs têtes aux cheveux de couleurs si différentes étaient toutes proches l'une de l'autre et leurs visages si semblablement tournés vers le haut qu'on aurait pu les prendre pour des jumeaux faisant semblant de dormir. Mais il était près de minuit, par une nuit d'été, et à une heure pareille, aucun enfant ne se réveille pour faire une farce. Dombuk était couchée à droite des garçons, dans le sens de la longueur de la *dör* ; allongée sur un morceau de feutre, elle était couverte d'un *lawschak* ayant appartenu à sa mère. Dans son sommeil, la fillette avait le visage tourné vers son père et lui tendait les bras. À gauche, près du foyer, Schashynbaj dormait sur une peau de chèvre, roulée en boule sous son *dshargak* comme un chien frileux. Car Schuumur avait une autre fille, de deux ans plus jeune que Dombuk. C'était l'une de ces créatures que les puissances supérieures paraissent avoir laissé se glisser par erreur dans la vie. En lui donnant un nom plein d'éclat, Schuumur et Dshajnaasch semblaient avoir pressenti dès sa naissance qu'elle peinerait à regarder la vie en face. Schashynbaj était le nom d'une des plus célèbres chamanes de l'époque, et bien qu'elle ne fût pas l'une des plus influentes, elle était l'une des plus sûres d'elle. Mais la fille de Schuumur, dont les yeux louchaient beaucoup, demeurait timorée face à l'existence. Dès le départ, elle avait eu du mal à établir un contact avec ses propres frères et sœur. Elle vivait à l'écart sans se faire remarquer. Elle menait une vie quasiment silencieuse, toute entière consacrée au labeur, car elle était courageuse, même si elle paraissait toujours s'attaquer au travail par un bout invisible. Emmener paître le troupeau de moutons et de chèvres, ramasser du fumier, ainsi que d'autres petites tâches du même genre, comblait son existence et en était l'essence.

Malgré le *choïtpak*, Schuumur ne parvenait pas à trouver le sommeil. L'alcool, fruit de la fermentation du lait aigre et épais, commençait à faire son effet : on eût dit que ses vapeurs lui sortaient des narines en traînées de feu et Schuumur fut pris de vertige. Pourtant, impossible de s'endormir.

Au cours de cette funeste nuit où les gens avaient dû quitter leur pays et le ciel au-dessus en abandonnant une partie de leurs biens, où des voleurs étrangers les avaient contraints à devenir eux-mêmes des voleurs, Schuumur s'était violemment querellé avec Gulundshaa. Tout avait commencé quand elle lui avait demandé une aide qu'il ne pouvait lui apporter. Elle sembla offensée, ce qui le mit hors de lui. « Je ne suis même pas en mesure de m'occuper de ma propre femme et de mes enfants ! » avait-il dit d'un ton brusque. « Bien sûr, répliqua-t-elle d'un ton amer, que t'importe le sort d'une femme et de son enfant qui ne sont pour toi que deux étrangers ! » « Tu crois peut-être que je suis responsable de ce qui se passe autour de nous ? » avait-il hurlé. Un mot en entraînant un autre, ils se retrouvèrent tout à coup en pleine dispute. « Je ne viendrai pas avec vous. » dit-elle alors. « Quoi ? » demanda-t-il dans un souffle, tandis qu'un éclair traversait son regard. « Je resterai ici, nous resterons ici ! Personne ne va nous tuer ! » affirma-t-elle avec assurance. « Tiens donc ! » murmura-t-il d'un ton furieux, et la flamme de son regard s'embrasa, brûlant d'un feu de plus en plus clair. « Eh oui, dit-elle avec ironie. Ils se battront pour m'avoir, je le sais bien ! Nul doute qu'ils trouvent même ma mère à leur goût ! Notre vie ne sera pas plus difficile que jusqu'ici ! » Il poussa un cri sourd et leva les mains vers le ciel, ses doigts écartés tremblaient, et ses lèvres se retroussaient en un rictus.

« Tu n'es qu'une pute ! dit-il d'une voix à peine audible. Tu t'imagines que tu y arriveras, mais je t'aurai tuée bien avant. Je te ferai disparaître de la surface de la terre ! » La mère, qui avait entendu la querelle, mais était restée muette, se précipita sur Schuumur : « Je t'en prie, mon fils, je t'en prie ! Ne fais pas une chose pareille ! Cette imbécile veut seulement te mettre en colère et te rendre jaloux, parce qu'elle t'aime ! Bien sûr que nous viendrons avec vous. Nous ferons comme les autres, même s'il s'agit de mourir ! » Puis elle se tourna vers sa fille : « Pourquoi dis-tu tant de bêtises, ma chère enfant... » Gündej, la mère, avait une voix douce et mélodieuse, elle parlait en pesant ses mots, elle ne savait pas crier. Schuumur nota que l'ancienne *gadyn* était toujours très belle. Cela le rassura et l'inquiéta à la fois. « Je viendrai et je verrai ce qui se passe ! » dit-il d'un ton plein de sous-entendus. Puis il s'en fut, mais ne revint pas, faute de temps. En compagnie d'autres hommes, armés comme lui, il lui fallut se rendre à cheval jusqu'aux *aïls* situés aux confins du pays pour inciter leurs habitants à partir immédiatement. Néanmoins, au cours des nuits et des jours qui suivirent, il ne cessa de se demander si les paroles de Gulundshaa exprimaient vraiment ses intentions. Le jour du départ, il fut très contrarié de ne pas savoir si elle était en route elle aussi et d'ignorer où elle se trouvait. En arrivant dans leur nouvelle patrie, il fut soulagé d'apprendre qu'elle faisait partie du convoi. Il ne s'émut pas de l'absence de sa mère, et s'il lui arriva d'être attristé par le destin tragique de cette femme, ce fut seulement à cause de Gulundshaa.

Schuumur était mécontent de se remémorer ces événements. Le lit de bois qu'il avait partagé avec Dshajnaasch et chacun de leurs plus jeunes enfants lui parut cette nuit-là particulièrement grand ; il craquait à chaque mouvement. Schuumur éprouvait sans cesse le besoin de se tourner et se retourner, d'un côté puis de l'autre, afin de se débarrasser de ce passé qui se dégageait de sa gangue pour fondre sur lui et l'empoigner comme un cauchemar. On aurait dit que les gestes brusques réveillaient toutes les voix endormies dans le lit, ces témoins des temps révolus ; les ressorts grinçaient et gémissaient. Schuumur croyait percevoir dans ce mélange indescriptible les chuchotements confiants de Dshajnaasch, le joyeux babil de ses enfants vivants qui, désormais échappés du lit de leurs parents, poursuivaient leur existence dans la yourte, et le gémissement douloureux de ses enfants morts qui reposaient ici et là dans les steppes montagneuses, sous forme de peaux et d'ossements, de terre et de pierre, d'air et de lumière. À tout cela s'ajoutaient les hennissements de la jument et du poulain, qui reprirent après une brève interruption. Il y percevait l'appel d'êtres condamnés à l'errance. Ils semblaient se relayer pour s'adresser à lui. Et si c'étaient les âmes de Dshajnaasch et de mes enfants morts qui, par la voix de ces deux pauvres bêtes, m'appelaient au secours, moi qui étais sur terre le plus proche d'eux ? se disait-il. Cette pensée l'emplit de malaise. Il eut envie de sortir pour détacher le poulain, mais il lui vint à l'esprit que c'était peut-être dans un but précis que la jument et le poulain étaient cachés l'un à l'autre. Il n'ignorait pas le procédé et connaissait sa fille. Difficile de s'opposer à sa volonté. Et puis, s'il déliait trop tôt le poulain, tous les efforts déployés pouvaient se trouver anéantis. Aussi n'eut-il d'autre ressource que de continuer à supporter le bruit. Cependant, la nuit s'éloignait furtivement, le matin sur ses talons. Le sommeil ne vint que tard, il s'abattit sur l'insomniaque et libéra le malheureux le temps d'un bref moment léger.

Dombuk faisait un rêve qu'elle n'avait jamais eu auparavant. Schimej s'avançait vers elle. Il avait revêtu une splendide tenue, semblable à celle que portaient les trois jeunes inconnus qui avaient passé une nuit chez eux. Il s'agissait d'un uniforme militaire, elle le savait maintenant. La visière de la casquette et les gros boutons dorés en métal courant sur deux rangées le long du manteau brillaient et étincelaient ; la vue de Schimej l'emplit aussitôt de ravissement. Plus il s'approchait d'elle, plus les boutons grandissaient, et pour finir, chacun d'entre eux était pareil à un soleil. Dans l'éclat de tous ces soleils, Schimej avait fière allure avec son beau visage. Soudain, Dombuk remarqua la présence de Gulundshaa à ses côtés, semblant accueillir son fils avec elle. Les bras légèrement tendus, les paumes tournées vers le ciel, elle prononça des vers dont les rimes chantaient ; on eût dit un concours lors d'une fête, ou bien l'invocation des esprits. Comme tous les discours solennels où les vers rimaient, l'ensemble était envoûtant, mais on ne saisissait pas les détails. Pleine d'allégresse, Dombuk espérait que la femme allait continuer sans jamais s'arrêter. Elle comprit soudain d'où lui venait ce sentiment : Gulundshaa parlait avec la voix de Dshajnaasch. C'est la voix de notre mère, se dit-elle, frémissante. Cela veut dire que notre mère n'est pas morte, qu'elle s'est seulement métamorphosée ! Elle était heureuse, heureuse comme elle ne l'avait sans doute jamais été. Quelle tristesse de ne pas l'avoir su plus tôt, mais en tout cas quelle joie de l'apprendre maintenant ! se disait-elle. Elle tremblait et brûlait de bonheur. C'est alors qu'elle se réveilla. Tout d'abord, elle fut déçue. Puis elle se rendit compte qu'elle avait pleuré. À travers ses cils humides, elle vit les premiers petits points dorés dans les ténèbres et essuya ses larmes du revers de la main. La journée de la veille lui revint en mémoire et elle pensa que le rêve devait au moins dire vrai pour une chose : Gulundshaa était dans les parages ! Ou bien n'avait-elle fait que le rêver aussi ? se demanda-t-elle, saisie par le doute. Elle se leva, jetant sur ses épaules le *lawschak* qui lui servait de couverture, et sortit. L'aurore était en train de poindre, c'était ce bref instant où le premier messager du jour et le dernier de la nuit se rencontrent, où il ne fait ni clair ni sombre, où l'air semble saturé de petits points dorés rougeoyant et de petits points gris foncé. La jument et le poulain s'étaient tus, terrassés par le sommeil. Quelle joie pour Dombuk de découvrir l'autre yourte au milieu de cette lumière incertaine, puis quelques secondes plus tard, de voir sortir une femme à la silhouette floue ! Ses mouvements étaient légers, irréels, elle semblait flotter. Quoi, le rêve se poursuivrait-il ? Pour en avoir le cœur net, Dombuk se dirigea vers elle d'un pas décidé. Gulundshaa vint à sa rencontre. Dans la lueur de l'aube, son visage paraissait juvénile — c'était incroyable et merveilleux. Dombuk ne pouvait pas savoir que ce n'était qu'une illusion d'optique. Cependant, elle remarqua que ce visage extraordinairement jeune était blême et blafard. Gulundshaa portait elle aussi un *lawschak* jeté sur ses épaules et elle était pieds nus. Elles étaient ainsi semblables l'une à l'autre. Poussée par le désir d'y voir clair, Dombuk rompit le silence : « Écoutez-moi, *Awaj* ! Voici ce que j'ai rêvé : nous, Schimej, vous et moi, tous les trois… » D'un geste brusque, Gulundshaa saisit l'enfant par les bras et lui dit à voix basse : « Plus un mot ! Puis, presque en chuchotant : Garde ton rêve pour toi. » C'est alors seulement que Dombuk se rappela qu'il ne faut raconter à personne les rêves heureux que l'on fait. Amère, elle était déçue de sa propre naïveté, car Gulundshaa avait de nouveau parlé avec sa voix d'avant, sa voix d'étrangère, et non plus avec celle du rêve. Suis-je bête, se disait la jeune fille : si j'avais eu la patience d'attendre qu'elle ouvre toute seule la bouche, qui sait ce qui en serait sorti ! Jusqu'à présent, tout ou presque ne correspondait-il pas à mon rêve ? C'est alors seulement que Dombuk découvrit les chameaux. Elle demeura comme pétrifiée. Gulundshaa s'en rendit compte et serra les dents. Car soudain, une terrible pitié pour l'enfant la submergea. Le remords qu'elle avait senti en son âme pendant la nuit, telle une brûlure consumant sa poitrine, la honte et l'humiliation qui tour à tour l'avaient torturée, tout cela semblait supportable face à la douleur qu'elle éprouvait en pensant aux autres. Les enfants avaient peut-être cru qu'ils ne seraient plus désormais complètement orphelins. La femme courbée chancela, gémissant doucement, sur le point d'éclater en sanglots et de verser des larmes brûlantes pour soulager la peine qui l'avait envahie. Mais elle n'en eut pas le temps, car Dombuk sortit de sa léthargie, écarta les bras et dit avec une fiévreuse passion : « Père Ciel, Terre Mère, je suis pauvre et orpheline, c'est vrai, mais je ne suis pas une vermine qu'on écrase ! Je me défendrai, vous m'en êtes témoins, vous et l'esprit de ma mère morte ! » Elle se précipita sur les chameaux qu'elle délia l'un après l'autre. Aussitôt, ils se relevèrent et s'en furent à grandes enjambées silencieuses, trahissant ainsi leur joie et leur hâte. Gulundshaa contemplait la scène, médusée. Elle était partagée entre l'effroi et la joie. L'audace de l'enfant était contagieuse : soudain, elle eut la certitude qu'elle devait se battre pour son bonheur.

La jument se fit entendre de nouveau. Ses premiers hennissements furent très sonores. Ils réveillèrent le poulain, le troupeau, l'*aïl*, et sans doute aussi la vallée, les montagnes et les forêts alentour. Schuumur s'aperçut tout de suite de l'absence des chameaux. Il poussa un cri sourd, puis comprenant la situation, brandit les poings. Ses yeux, tournés vers la yourte de Gulundshaa, semblaient lancer des éclairs, menaçants comme la bouche d'un fusil. C'est alors qu'il entendit derrière lui la voix de Dombuk : « C'est moi qui l'ai fait ! » Schuumur se retourna brusquement, bondit sur l'enfant et la saisit par le collet. Le visage méconnaissable, il bégaya et hurla : « Pourquoi, mais pourquoi ? » « Parce que je ne veux pas partir d'ici ! » répondit-elle. L'homme repoussa l'enfant qui trébucha quelques pas en arrière et tomba à la renverse. Dombuk heurta durement la terre piétinée par les bêtes et les hommes. Elle fut longue à retrouver sa voix. Puis elle se releva et poussa un cri de toutes ses forces, les forces d'un être blessé jusqu'au fond de l'âme. Ce hurlement, qui n'était d'abord que l'expression d'une immense douleur, se transforma en se répétant, s'adressant au ciel, à la terre et tous leurs éléments. « Ihiiij, Ciel bleu, regarde ! Eheeej, Terre noire, écoute ! Ajaaaj, fleuve Chomdu, arrête-toi ! Uhuuuj, Erik-Arga, sache-le ! Pourquoi nous avez-vous pris notre mère ? Qu'est-ce que cela vous apporte ? Quel mal avons-nous fait ? Ihiiij, Altaï Père, dis, pourquoi, pourquoi, pourquoi, eeeheheeej ? » Schuumur empoigna l'enfant hurlante et tenta de la faire taire en la secouant et en criant. Mais Dombuk braillait plus fort que lui, de plus en plus enragée. « Frappe-moi, tue-moi, mais avant dis-moi pourquoi ! Je n'ai commis aucun crime, le Ciel bleu et la Terre noire m'en sont témoins ! » Ses paroles se mêlaient à ses cris qui n'en finissaient pas. Gulundshaa s'était précipitée. Elle se suspendit au bras de Schuumur en disant : « Laisse cette enfant et écoute ce que je veux te dire ! » Schuumur lâcha Dombuk et se libéra de Gulundshaa d'un geste brusque. Il courut vers le lasso que Dombuk avait laissé sur le pieu et s'affaira pour le détacher. Gulundshaa avait pris Dombuk dans ses bras, essuyait ses larmes et tentait de la calmer par ses paroles. Elle lui demanda de se ressaisir et d'arrêter de crier pour ne pas réveiller brutalement ses frères, sa sœur et le bétail, voire s'attirer la colère des montagnes et du fleuve. La fillette se laissa consoler, se calma un peu, puis se mit à pleurer à gros sanglots. Les enfants réveillés étaient sortis en courant. Ils se tenaient là tous les trois, serrés les uns contre les autres. Schashynbaj avait jeté son *dshagy* sur ses épaules, Dongur et Tasaj étaient en chemise et en pantalon, seuls vêtements qu'ils portaient en cette saison, à l'intérieur de la yourte comme au-dehors. Gulundshaa dit alors : « Schuumur, écoute-moi ! » Elle parlait d'un ton volontairement calme et fit une petite pause. Puis elle reprit en se retournant d'un geste vif : « Même les bêtes sont capables de se faire comprendre de leurs semblables. Nous sommes des êtres humains, doués de langage et de raison. Tous tes enfants sont là et t'entourent, il y a longtemps qu'ils sont capables de comprendre ce qu'ils voient et entendent. Si j'ai troublé de nouveau la paix de votre foyer, vous causant des soucis et des ennuis, je le regrette profondément. Telle n'était pas mon intention. Bien au contraire, par ma présence, je voulais vous offrir mon aide et tous mes biens, car je pensais que vous en aviez besoin. Et aussi parce qu'il fut un temps où je me suis rendue coupable envers vous et d'autres gens qui ne sont plus parmi nous. J'ai été stupide de croire que je pouvais réparer cette faute passée. »

Elle s'interrompit, suivant du regard Schuumur qui continuait à s'acharner sur son lasso. Elle poursuivit : « Les chameaux ne peuvent pas être loin. Prends ton cheval, rattrape-les et ramène-les. Pendant ce temps, je m'occuperai avec les enfants de préparer votre yourte pour le départ. » À ces mots,

Dombuk poussa une nouvelle plainte et les autres enfants se joignirent à elle. Schashynbaj fut la première, criant de sa voix profonde et monocorde, puis les garçons la suivirent en chœur, sur une note claire et haut perchée. C'est alors que reprirent les hennissements de la jument, auxquels répondirent ceux du poulain. Gulundshaa se tourna de nouveau vers Dombuk qui de tous les enfants était celle qui hurlait le plus, mais cette fois, pas moyen de la consoler. Elle semblait vouloir s'abîmer dans la colère, frappant la terre de ses pieds pleins d'engelures ; la poussière qui s'élevait semblait un écho muet à ses cris. La femme tenait l'enfant dans ses bras, dans une attitude implorante, sans quitter les autres des yeux. De temps à autre, elle levait son regard vers le ciel, et son attitude donnait à penser que la dignité dont elle venait de faire preuve commençait à chanceler. Schuumur jeta le lasso à terre et leva les yeux, son visage semblait presque noir, son menton tremblait. Sa raison semblait l'abandonner. Il se précipita sur eux en brandissant les poings, tout en émettant des sons plus proches d'un râle que d'un cri. Il dut comprendre tout de suite le caractère insensé de son geste, car les enfants, en particulier les trois plus jeunes, ne bougèrent pas d'un pouce, contrairement à ce qu'il s'était imaginé, et ils se mirent à pousser des cris encore plus perçants. Baissant les poings, il abandonna la lutte et s'en fut en soufflant. Il tourna un bon moment en rond comme un fou, puis sembla retrouver ses esprits et se précipita à l'intérieur de sa yourte. On ne le revit pas. Les enfants se calmèrent peu à peu. Ils suivirent le conseil de Gulundshaa et allèrent jusqu'au fleuve pour laver leurs visages couverts de larmes. Arrivée devant sa propre yourte, la femme suivit les enfants du regard et soudain, elle ne put réprimer un tremblement. Tenant par la main ses deux frères, Dombuk avançait, penchée en avant, Schashynbaj trottinait derrière eux, solitaire et abattue. Une grande faiblesse envahit Gulundshaa, elle entra en chancelant dans sa yourte, se dominant encore. Elle s'arrêta au milieu de la yourte et tenta de ne pas regarder le lit, car elle savait qu'elle éclaterait en sanglots si elle venait à s'allonger et à sentir sous elle un appui.

Le fleuve paraissait doux et tiède. Le soleil de la veille s'y étant noyé, on eût dit qu'il attendait les enfants. Dombuk déshabilla complètement ses frères, les fit entrer dans l'eau et les lava à fond. Elle dut lutter pour surmonter la pudeur naissante de Dongur. « Arrête tes caprices, mon garçon ! lui dit-elle d'un ton sévère. Nous ne pouvons pas nous permettre ça ! » Elle chargea Schashynbaj d'épouiller les pantalons et les chemises des deux frères. « Alors ? » lui demanda-t-elle. L'autre lui répondit : « Ça va ! » Elle singea sa jeune sœur : « Ça va, ça va ! Donc, il y a quelque chose ! J'espère que tes yeux sont aussi capables de repérer les lentes ! Regarde bien dans les coutures ! » Elle libéra ses frères d'un air satisfait : « Vous pouvez jouer un petit peu sur la rive ! » Puis elle entreprit d'examiner les vêtements que Schashynbaj avait contrôlés et reposés. La cadette semblait peu sûre d'elle ; à la dérobée, elle lorgnait Dombuk qui trouva bien sûr de bonnes raisons de la réprimander. Créature sans défense au royaume des hommes, Schashynbaj rentra la tête dans les épaules et encaissa sans mot dire les remarques acerbes proférées d'un ton docte. Les enfants paressèrent longtemps au bord du fleuve, en tout cas selon les critères de Dombuk, si bien qu'ils revinrent détendus. Ils semblaient avoir oublié ce qui s'était passé tôt le matin. Schuumur avait rangé la yourte et préparé le thé. Devant lui, près de la théière en cuivre, se trouvait la coupe plate en bois, remplie à ras bord de *gurut* et d'*öreme*. La théière et la coupe étaient sur la planche carrée qui leur servait de table. Le père accueillit ses enfants en silence et leur adressa un regard plein de douceur. Sa colère s'était évanouie. Mais c'est en vain qu'il cherchait à cacher une douloureuse incertitude. Sur un signe de Dombuk, chacun prit son bol et s'accroupit près du foyer. Le père servit le thé. Les garçons n'osaient pas toucher au plat. Dombuk prit deux morceaux de belle taille, versa sur chacun une portion d'*öreme*, puis les tendit aux deux frères. D'un commun accord, Dongur et Tasaj attendirent d'être dehors pour satisfaire leur gourmandise. Aussi se dépêchèrent-ils de vider leur bol, puis ils se levèrent. Chacun voulant sortir le premier, aucun des deux n'y parvint. Ils se bousculèrent dans l'encadrement de la porte et Tasaj trébucha. La réprimande attendue ne vint pas ; pourtant, une fois dehors, il s'en prit à son aîné, lui lançant à mi-voix : « C'est de ta faute ! » Dongur prit un air pacifique : « Bon, d'accord. Tiens mon *gurut*, je vais laver les deux bols et les rapporter dans la yourte ! » Les garçons se régalèrent en dégustant ce fromage blanc de l'année passée. Sa croûte était dure comme la pierre, mais lorsqu'on le mâchait avec la crème toute fraîche, il se transformait en une pâte fluide absolument exquise. Ils se firent mutuellement goûter leur part, chacun prenant bien garde à ne pas être désavantagé. Ils passèrent ainsi une nouvelle heure pleine de délices, au cœur du temps apparemment infini de la vie.

Les deux filles mangèrent rapidement et se mirent au travail. Il fallait d'abord traire les bêtes. Dombuk s'occupa des yaks et Schashynbaj des brebis et des chèvres. Au début, elles trayaient en silence. Comme toujours, ce silence était pesant. Soudain, la voix de Dombuk s'éleva, au début tremblante et incertaine, puis de plus en plus assurée : *gürgüi, gürgüi, gürgüi*... Tout le chant n'était que ce seul vocable. Mais sa mélodie était agréable. Le lait jaillissant des quatre tétines faisait penser à une pluie fine, à un tambourinement prolongé. Bientôt, Schashynbaj elle aussi se mit à chanter pour les chèvres, de sa voix rauque et brisée : *dshitschij, dshitschij, dshitschij*... Arrivée aux brebis, elle changea : *toega, toega, toega*... Elle ignorait pourquoi il fallait faire cette distinction, personne ne le savait, c'est la coutume qui le voulait. Au demeurant, aucune brebis ne tolérait le *dshitschij, dshitschij* et aucune chèvre ne réagissait au *toega, toega*. Il arrivait parfois à Schashynbaj de confondre une chèvre avec une brebis.

Mais elle ne manquait jamais de s'en apercevoir aussitôt, car le pis restait froid et les tétines vides. Normalement, il suffisait qu'elle attrape la bête par le pis et qu'elle caresse un peu les tétines pour que le lait jaillisse et que le pis se réchauffe, tandis que la bête écartait les pattes arrière tout en ruminant avec satisfaction. Les deux sœurs chantaient et trayaient à qui mieux mieux. Elles semblaient ainsi répandre la paix sur les bêtes, les troupeaux, l'*aïl,* les montagnes et les vallées. D'ordinaire, les garçons avaient pour tâche de rendre de menus services à leurs aînées pendant la traite. Mais ce jour-là, elles ne les appelèrent pas et ils restèrent assis du côté ensoleillé de la yourte. Schuumur se trouva une occupation qui aurait en fait pu attendre : il étala dans la moitié droite de la yourte son équipement de chasse afin de passer en revue le contenu des petites sacoches en cuir de tailles diverses et celui des sacs en tissus de différentes couleurs, de mélanger ceci et cela, puis de réparer une chose ou l'autre. On eût dit un inventaire. Comme tous les hommes pour qui la chasse est une activité secondaire, il ne s'attelait à cette tâche que vers la fin de l'été, quand la marmotte a son nouveau pelage et qu'on peut travailler sa peau, à l'époque des longues chevauchées où l'on emmène souvent un deuxième cheval tenu à la longe. Les petites expéditions pour attraper les marmottes à proximité de l'*aïl* permettaient entre-temps de s'exercer.

La jument et le poulain menaient de nouveau grand tapage. Ils avaient fait une assez longue pause, sans doute indispensable, car après tout ce qu'ils avaient enduré, leurs forces ne leur auraient guère permis de hennir en permanence. On avait encore à l'oreille le chœur des hennissements, l'appel alterné de la mère et du petit. Il s'y était gravé, avait fait son chemin jusqu'à la conscience, jusqu'à l'âme, et l'on espérait que ces bêtes, l'une endeuillée, l'autre orpheline, parviendraient à se rejoindre pour que leur bonheur brisé puisse renaître. Ce vœu, dont on ignorait encore s'il serait exaucé, était comme une poignante douleur, comme une épine enfoncée dans la chair. On souffrait d'entendre les cris de la jument et du poulain. Mais on refoulait ce sentiment tout au fond de soi. On faisait même mine de ne plus entendre les hennissements et de ne plus voir les bêtes. Cependant, la nature de cette émotion variait beaucoup selon les personnes. Ainsi, Schashynbaj avait-elle l'impression d'être paralysée, tandis que Dombuk se sentait pousser des ailes. À chaque appel de la jument, elle pensait : « Attends, vieille carne, nous allons bientôt voir qui de nous deux va l'emporter ! » Elle se disait cela avec une joie maligne qui, suivant l'issue, déboucherait sur de la pitié ou de la haine.

Gulundshaa avait réussi à se contrôler et à garder son équilibre. À présent, elle considérait le monde calmement en se disant que les choses avaient un ordre d'airain. Tout était à sa place, comme il convenait qu'il le soit. Tous semblaient s'affairer et avoir surmonté le choc qui les avait surpris au petit matin. Ce constat la soulageait tout en la décevant. Car elle voyait que le monde et la vie suivaient leur cours sans qu'elle ait à s'en mêler. Ce n'était pourtant pas une raison pour abandonner sa propre citadelle. Son visage bien lavé, sa chevelure peignée avec soin et son foulard noué serré lui donnaient une allure solennelle. Elle posa le seau en bois non loin de la femelle yak et alla vers le petit de deux ans pour l'amener une deuxième fois près de sa mère afin que son pis se remplisse de lait. Ces derniers temps, le petit yak devenait rebelle. Mais Gulundshaa l'attrapa si fermement par le cou qu'il sentit que résister ne servirait à rien. Une fois pour toutes, la femme était résolue à s'imposer. Ce jour-là, le soleil se leva timidement, il lui fallut longtemps pour gravir les montagnes qui lui barraient la route. Mais une fois franchie la crête du Charaat, il s'éleva rapidement et s'embrasa. La première grande chaleur s'installa.

Churaj, churaj, churaj... Ces paroles n'étaient qu'à demi chantées, mais dans la voix claire de Dombuk qui les lançait soudain sans gêne, il y avait quelque chose d'émouvant et de poignant. La jument et le poulain, qui venaient de reprendre leur échange de hennissements, se turent instantanément. Ils semblaient surpris, tout comme les gens. Chacun interrompit ses occupations pour dresser l'oreille. Car ces invocations étaient adressées au Ciel et à la Terre !

Écoute cette prière, Ciel Père !
Écoute cette supplication, Terre Mère !
Écoutez-moi et venez-moi en aide,
Vous qui m'avez donné une voix et pris ma mère,
Churaj, churaj, churaj !

Ce dernier vers était chanté sur une mélodie agréable et familière. La voix de la jeune fille s'élevait au-dessus des bruissements du jour, elle semblait puissante et elle était bouleversante. Les appels résonnaient jusqu'aux forêts qui recouvraient les versants nord à pic des montagnes du sud, jusqu'au fleuve et aux rochers derrière lui. Leur écho revenait d'un côté puis de l'autre : *churaj, churaj, churaj*...

Dombuk se tenait à quelque distance de la jument au milieu de l'enclos ; la tête penchée, elle paraissait écouter fébrilement l'écho de sa propre voix. Elle avait l'impression que lui parvenait ainsi une réponse du Ciel et de la Terre. Plongée en elle-même comme une chamane, dans une attitude solennelle, elle était fermement convaincue de la puissance de son art. Elle attendait que lui reviennent les appels lancés vers tous les points cardinaux et qu'ils se diluent dans le murmure et le souffle du jour. Puis comme s'éveillant d'un rêve, elle s'écria d'une voix claire et tranchante : *guruj-guruj-guruj !* La jument et le poulain hennirent ensemble à plusieurs reprises. On eût dit un cri d'effroi, d'alarme.

Donne ton lait, ton lait blanc, ô Mère !
Éteins le feu, le feu ardent,
Le feu de la soif qui brûle la langue
La langue de ton pauvre enfant,
Guruj-guruj-guruj !

La voix de l'enfant dominait l'échange ininterrompu de la jument et du poulain. Hennissant et bondissant, la mère et le petit répondaient à ce chant, à cet appel. Mais Dombuk faisait mine de ne pas y prêter attention, gardant la posture qu'elle avait adoptée au départ. Ce n'était pourtant qu'un leurre, une feinte, un calcul. Elle se vengeait ainsi de la jument, de la nature et de ses lois. Elle poursuivit donc son chant, et chaque fois qu'elle terminait une strophe par le triple *guruj*, les bêtes s'agitaient : la jument se cabrait, se dressant sur ses pattes arrière, perdait l'équilibre et trébuchait. Elle semblait vouloir rompre la triple entrave qui lui enserrait les pattes et briser le pieu en bouleau, mais ses forces étaient plus faibles que sa volonté. Incapable de comprendre cette vérité toute simple, elle tentait derechef d'échapper au lien et à la corde. On voyait de nouveau du sang sur ses lèvres, et ses yeux en étaient injectés. Rouges et brillants, ils regardaient fixement dans la direction d'où provenaient les hennissements du poulain, semblant voir à travers la yourte l'endroit invisible où devait se trouver le petit. La bête frémissait et tremblait de tous ses membres, ses hennissements devenaient de plus en plus saccadés, semblables aux cris d'un être qui aurait perdu la raison. Enfin, Dombuk considéra que le moment était venu. Elle fit un signe aux garçons qui avaient déjà reçu ses instructions et n'attendaient que ce signal. Elle s'approcha de la jument, la délivra de son entrave et la détacha du pieu. Mais elle continua à le tenir fermement, tandis que la jument tournoyait autour d'elle en faisant des bonds sauvages. Le hennissement joyeux du poulain se rapprocha, et Dombuk lâcha la jument. Elle partit au galop en s'ébrouant et se précipita à la rencontre des hennissements clairs toujours plus proches. Sous la violente secousse, l'extrémité libre du lasso s'éleva en l'air en sifflant, se tortilla, puis se dénoua aussitôt pour retomber lentement en un mouvement flottant. Le poulain déboucha derrière la yourte et la jument se précipita vers lui en grondant. Ils galopaient trop vite et se dépassèrent. Ils revinrent en décrivant un arc de cercle et se manquèrent de nouveau. Mais cette fois, ils réussirent à freiner immédiatement et à faire demi-tour. Ils se touchèrent du museau comme pour un premier salut, puis se reniflèrent. La jument s'approcha du poulain avec un grognement sourd ; après lui avoir flairé le cou et le dos, elle s'apprêta à se camper devant lui, pattes écartées. Cependant le poulain se détourna brusquement et partit au trot. La jument le suivit. Le poulain accéléra, la jument fit de même, et ils se mirent à faire la course. Il filait devant la mère qui le poursuivait.

Dombuk avait commis une erreur. Jusqu'à présent, elle avait seulement connu le cas de poulains que leur propre mère repoussait. La jument était tout de même leur mère et gardait son odeur maternelle. Mais lorsqu'il s'agissait de faire adopter un poulain par une autre jument, cette dernière demeurait une étrangère, même si l'on avait réussi à la mettre dans de bonnes dispositions, et il fallait que le petit s'habitue à elle comme elle à lui. Pour cela, il devait d'abord surmonter la répulsion que lui inspirait l'odeur inconnue. Le poulain, tout ébouriffé et ficelé dans la peau du poulain mort, offrait une image pitoyable : on voyait bien qu'il faisait tout pour échapper à la jument qui de son côté, crinière et queue au vent, semblait fière et menaçante à la fois. Or ce n'était qu'une apparence. En réalité, elle était épuisée et risquait à tout moment de s'effondrer. Néanmoins, la vie était revenue dans ses pis, restés durs comme la pierre des jours durant : le lait s'en écoulait en deux minces filets blancs

On rattrapa le poulain à la lisière de la forêt ; pris de panique, il fit brusquement volte-face et repartit au galop en direction de l'*aïl*. Les deux bêtes y parvinrent toutes deux à bout de forces. La jument s'effondra la première. L'un de ses sabots arrière s'enfonça dans le trou d'un souslik, elle trébucha en reculant, perdit l'équilibre et s'écroula. Elle se coucha lentement, d'abord sur le flanc gauche, puis sur le ventre. Elle demeura dans cette position. Le poulain ne tarda pas à arrêter de galoper, puis de trotter et au bout de quelques pas, il finit par s'immobiliser.

Les enfants accoururent, l'attrapèrent et le conduisirent lentement vers la jument qui grommelait doucement, ses yeux à l'éclat clair et chaud tournés vers lui. Le poulain en revanche avait le regard égaré et indécis, sa faible résistance exprimait sa peur. Le poil de la jument, luisant de sueur, frissonnait et tremblait. Le poulain était enfoui jusqu'à la tête sous la peau étrangère déjà sèche. Dombuk empoigna par la crinière la jument couchée, puis s'écria d'une voix impitoyable et suraiguë : *guruj-guruj-guruj !*

Le corps de la jument sembla parcouru d'un éclair dont l'onde bruissante et crépitante se prolongea, car le chant reprit :

Donne ton lait, ton lait blanc, ô Mère !
L'un est parvenu à se relever,
L'un a pu revenir,
Et il est tien, regarde-le, reconnais-le !
Guruj, guruj, guruj !

La jument tenta de se relever, la jeune fille l'aida et la bête réussit à se remettre debout et à retrouver son équilibre. Les garçons traînèrent contre elle le poulain, lui plongèrent la tête sous son ventre et le poussèrent entre ses pattes arrière. Le poulain résistait mollement ; il lorgnait les pattes arrière de la jument, les sabots lourds aux arêtes vives. Peut-être avait-il conservé l'image de la veille dans son souvenir ? Quant à la jument, elle reniflait en grommelant le dos et la queue du poulain, le flattant doucement avec ses lèvres douces comme le velours pour l'encourager à boire. Incrédule, le poulain chercha à tâtons le pis et le découvrit tout chaud, gonflé et palpitant ! Il attrapa hardiment l'une des mamelles et se mit à téter avidement. Il s'étrangla, mais rien n'aurait pu l'arrêter. Il avait failli mourir de soif. Son palais, sa langue et sa gorge en feu étaient complètement desséchés. Or voici que sortait du pis l'irremplaçable lait chaud qui lui avait tant fait défaut. Passant d'une mamelle à l'autre, il éteignait l'incendie qui avait brûlé en lui et commencé à détruire cellule par cellule son jeune corps prêt à s'épanouir. Il nageait en pleine félicité, et le bien-être envahissait également la jument. Elle se tenait les pattes arrière écartées, la queue légèrement relevée et le cou tendu. De temps en temps, elle avançait la tête, enfouissait sa gueule dans la peau déjà sèche et la reniflait, puis saisissait la queue qui en dépassait et remuait avec vigueur. On entendait un grommellement ininterrompu, sourd et doux, comme si la jument aimante répandait ses dons sur le poulain sous la forme d'une manne invisible. Mais vint le moment où le pis n'eut plus de lait. Vide et flasque, il pendait à l'instar des deux tétines que le poulain attrapait l'une après l'autre et tiraillait en tous sens. On voyait d'ailleurs que le bien-être de la jument s'était envolé. Elle s'agita et le grommellement qui jaillissait de sa poitrine telle l'eau de la source se tarit. Dombuk, qui avait observé la scène avec des airs de magicienne, reprit son chant :

Donne ton lait, ton lait blanc, ô Mère !
Interroge tes yeux : c'est le tien.
Interroge tes naseaux : c'est le tien.
C'est de ton corps qu'il est sorti
Guruj, guruj, guruj !

La jument gémit, comme pour dire : Je n'y peux rien. Elle était épuisée, impuissante. Le poulain cessa de tirailler les mamelles vides, recula d'un pas, leva la tête et soupira. L'animal gris bleuté poussa tendrement son museau dans le flanc du petit en grognant doucement. On eût dit une excuse. Dombuk chargea ses frères de mener la jument et le poulain au pâturage. Elle les suivit en chantant :

Donne ton lait, ton lait blanc, ô Mère !
Écoute la prière de la Terre Mère
Écoute les supplications du Ciel Père
Ils veillent, te regardent et t'attendent,
Guruj-guruj-guruj !

Plus le soleil s'élevait dans le ciel, plus ses contours devenaient flous. On eût dit qu'il se liquéfiait. Il répandait une lueur d'incendie qui gagnait peu à peu les cieux tout entiers. Telles des gouttes de soleil, tels de minuscules éclats de l'astre, les fleurs s'étaient tournées vers lui. Elles étaient à présent immobiles, comme engourdies, et l'on croyait entendre un soupir en prêtant l'oreille au murmure des montagnes, des forêts et du fleuve. N'était-ce pas le soupir des fleurs qui s'étaient redressées le matin même avec ardeur, s'offrant joyeusement au soleil, et qui attendaient maintenant leur déclin ? N'était-ce pas celui des herbes dont la vie consistait à croître en dépit du bétail, des fraîches nuits de gelée et des orages incessants ? Celui des forêts encore présentes ? Des pierres inertes, apparemment éparpillées au hasard, et pourtant animées en réalité d'une vie exigeante et haute en couleur ? Cette plainte n'émanait-elle pas de tout ce qui vivait ou semblait ne pas vivre, engagé cependant dans une âpre lutte pour l'existence ? Comme trop souvent, la chaleur s'était fait attendre cette année, puis la canicule était venue trop tôt. L'écart était aussi inconcevable pour les bêtes et les gens que pour toute entité entre ciel et terre.

À l'abri dans sa yourte, Schuumur lui-même sentait la chaleur ardente et lourde. D'ordinaire, il lui aurait paru tout à fait évident d'appeler ses enfants pour leur demander de remonter les parois de feutre afin de créer un courant d'air. Mais ce jour-là, il n'osa pas exprimer sa volonté paternelle. Il fut donc obligé de se lever et de sortir lui-même. Dehors, il vit Gulundshaa. Assise à l'ombre de sa yourte, elle tannait une peau. Les jambes allongées, elle coinçait entre ses pieds une extrémité de la peau de mouton, tenant l'autre dans sa main gauche avec le bâton dont le bout opposé était dans sa main droite. Elle travaillait avec ardeur ; son attitude et ses mouvements exprimaient la hâte de ses pensées, se dit Schuumur. Ses bras étaient dénudés jusqu'à l'épaule, elle avait à moitié ôté son léger *lawschak* et noué les deux manches sur sa poitrine. Sous la peau de mouton, on entrevoyait l'une de ses jambes, nue elle aussi jusqu'à mi-cuisse. Le regard de Schuumur s'y posa par hasard et il lui fallut un moment avant de pouvoir détourner les yeux. Il resta immobile un certain temps, persuadé que sa conduite était monstrueuse et indigne d'un homme.

Lorsqu'il fut enfin parvenu à maîtriser ses regards, il se détourna vivement et rejeta d'un geste brusque la portière de feutre par-dessus le toit de la yourte en rentrant chez lui. Désorienté, il dut d'abord réfléchir à ce qu'il convenait de faire. Gulundshaa semblait d'une insouciante jeunesse. Bien qu'elle fût assise à l'ombre, ses cheveux brillaient et, contrastant avec la peau de mouton blanche, son visage aux traits réguliers et toujours juvéniles rayonnait, tout comme son torse droit et vigoureux, son long cou sans rides, ses épaules rondes et lisses. L'élan plein de souplesse avec lequel elle ployait le torse pour le rejeter aussitôt en arrière, dès que le bâton frappait la peau, donnait à sa carnation claire un éclat doré. Celle de Dshajnaasch était très différente, avec des reflets bleutés. Cela venait sans doute de ce qu'elle ne se dévêtait jamais. Schuumur ne supportait pas d'apercevoir l'une de ses épaules ou un genou : la vue de cette peau blême, presque terne, et des ramifications des petites veinules bleues l'avait toujours effrayé. Dshajnaasch était timide, et il ne l'avait jamais vue complètement nue.

Le temps semblait suspendu. L'air était embrasé, lourd et dense. Il collait, pesait et répandait une langueur paralysante. Les alouettes, les sousliks et les sauterelles étaient muets. Même le fleuve était silencieux, telle une écharpe jetée là sans un bruissement. Seul persistait le chant de Dombuk. On eût dit une brise parcourant l'air de son souffle comme pour tenir éveillé ce jour muet de lassitude. Au chant clair et pénétrant se joignait par moments le hennissement sourd de la jument qui semblait encourager la chanteuse.

En contrebas du groupe que formaient la jument, le poulain et les garçons, la fillette gardait un bras dans le dos et l'autre sur la poitrine, rejetant la tête en arrière dans l'attitude d'une chamane. Elle se tenait droite et immobile, les yeux fixés sur la jument. Elle ne s'en détournait par instants que pour embrasser du regard la croupe de la montagne et le ciel au-dessus. C'est de là, se disait-elle, que lui parvenaient les paroles nouvelles qui se transformaient en strophes, puis en chant qui fouettait légèrement la conscience de ses auditeurs. Sans quitter des yeux le poulain, la jument aux puissantes mâchoires fauchait avidement l'herbe de la prairie marécageuse, touffe après touffe ; à chaque fois qu'elle entendait le triple *guruj*, elle s'ébrouait doucement, ce qui prouvait qu'elle était attentive au chant. Le poulain se serrait contre elle en posant un regard incroyablement troublé tantôt sur elle, tantôt sur le monde alentour. Il marchait d'un pas incertain à côté de la jument qui avançait en paissant, retenue par sa longe. Les garçons jouaient non loin de là tout en écoutant manifestement le chant de leur aînée, car quand l'un s'adressait à l'autre, c'était en chuchotant.

Gulundshaa travaillait d'arrache-pied. Rien qu'au cours de la matinée, elle réussit à tanner sept peaux. Elle en était à la première étape du tannage. Il y en aurait encore deux ou trois autres avant que les peaux qu'on lui avait apportées brutes et fragiles deviennent souples comme la soie ou le velours. Elles appartenaient à un *baj* kazakh. En général, les Kazakhs n'avaient pas la moindre idée de la tannerie. Si on le voulait, il était facile de les tromper. Mais pas question pour Gulundshaa de faire les choses à moitié. Cela n'avait rien à voir avec sa rétribution. « Ma main doit contribuer à ma réputation », estimait-elle. Cette idée la guida toute sa vie durant.

Puis elle posa le chaudron et fit du feu, tâche pénible par cette chaleur, mais indispensable, car la coutume exigeait qu'à l'arrivée dans l'*aïl* et au départ, on invite les gens à prendre le thé. Un cercle solennel se formait pendant une heure paisible pour renforcer les liens d'amitié. L'une des subtilités de la coutume voulait que ce soit toujours aux plus anciens de convier les nouveaux arrivants à un thé de bienvenue, tandis que ceux qui partaient invitaient ceux qui restaient. Gulundshaa était une femme qui aimait accomplir son devoir en toutes circonstances. Mais en songeant à l'*aïl* qu'elle venait de rejoindre, elle ne pensa pas une seconde à ses droits ni à la préséance. Aussi ne se contenta-t-elle pas de préparer le thé, mais fit cuire un *scharbing*. Elle souhaitait offrir aux gens de l'*aïl* le meilleur de ses réserves. Puis elle alla rejoindre les enfants. Elle ne les avait pas quittés des yeux, et le chant ne lui était pas sorti de l'oreille. Malgré son ardeur à l'ouvrage, elle n'avait rien perdu de ce qui se déroulait aux abords de l'*aïl*, dans le creux marécageux sur le versant de la montagne, et elle n'avait cessé d'y réfléchir. Elle avait eu l'impression que le chant de Dombuk ne concernait pas seulement la jument et le poulain, mais aussi le ciel, la terre et tout ce qu'ils recelaient. Pieds nus, elle s'approcha des garçons. Accroupis tout près l'un de l'autre, ils semblaient totalement soumis à leur sœur aînée, même s'ils jouaient un petit jeu secret. Ils lancèrent à Gulundshaa un regard muet qui était manifestement un appel à l'aide. C'est alors qu'elle comprit le pouvoir qu'exerçait Dombuk sur ses deux frères. Cela l'angoissa : et si la jeune fille, qui de toute évidence se sentait adulte et forte, percevait sa venue comme une ingérence ? Cependant, Dombuk ne semblait pas avoir remarqué sa présence et continuait à chanter sans changer d'attitude :

Donne ton lait, ton lait blanc, ô Mère !
C'est lui qui offre la vie et la préserve,
Là où règne le froid, tu es soleil,
Là où brûle la chaleur, tu es ombre,
Guruj, guruj, guruj !

Donne ton lait, ton lait blanc, ô Mère !
Même le Ciel peut se tromper, hélas !
Même la Terre peut faillir, malheur !
Viens apporter ton secours,
Guruj, guruj, guruj !

Donne ton lait, ton lait blanc, ô Mère !
Tu es une déesse,
Non pour ton sac appelé mamelle,
Mais pour ton âme que tu dois montrer,
Guruj, guruj, guruj !

Oppressée, Gulundshaa se demandait s'il n'était pas aussi question d'elle en tant que mère. Elle s'attendait à une strophe où, dans son chant qui n'avait rien d'enfantin, la fillette s'adresserait à quelqu'un autre. Mais après le refrain, la voix infatigable finit tout de même par se briser et se taire.

Dombuk laissa retomber les bras, quitta la pose et regarda autour d'elle d'un air égaré. Une ombre effleura son visage. Gulundshaa la remarqua, bien que le teint déjà sombre de la jeune fille semblât presque noir à force d'être échauffé. Troublée, Dombuk balbutia quelque chose qu'elle ne put comprendre. Cela ne fit qu'augmenter l'embarras de Gulundshaa. Elle rougit et sa voix se cassa en disant : « Mon enfant, ainsi que l'exige la coutume, je voudrais vous offrir à tous un thé. »

Le visage de Dombuk s'éclaira, ses petits yeux s'arrondirent presque l'espace d'un instant, puis elle se précipita vers elle : « Chère *Awaj*, s'écria-t-elle tout en courant, puis une fois à ses côtés, elle gazouilla : Je meurs de honte ! Hier déjà, vous m'avez devancée avec votre thé ! Et aujourd'hui, vous nous invitez de nouveau, ô Ciel, alors que c'était notre devoir à nous de vous accueillir avec un thé ! » Elle parlait d'un ton si vif et si excité que la femme ne put s'empêcher de sourire, amusée et libérée de ses stupides pensées : « Mon petit moineau ! Ne t'en fais pas. Je vois bien que tu as fort à faire. Commence par grandir et avoir ta propre yourte, je viendrai certainement y boire ton thé à satiété. En attendant, le mien est prêt, va donc chercher ton père. » Gulundshaa s'étonna elle-même de pouvoir parler aussi simplement du père. Elle continuait néanmoins à craindre qu'il ne la considère de nouveau comme trop entreprenante, et cette fois pour de bon.

Schuumur vint. Il semblait à l'aise et s'installa même sans en être prié à la place qui lui revenait dans la *dör*. Il parla de la grosse chaleur, de la pluie qui ne venait pas et de la sécheresse éventuelle. Il posa des questions concernant la jument et le poulain, puis les veaux, les agneaux et les chevreaux. Ces questions ne s'adressaient à personne en particulier, mais tombaient parmi eux, et ils y répondaient aussitôt, parfois même Gulundshaa.

Avec une satisfaction évidente, il prit d'une main le bol de thé au lait brûlant et le vida bruyamment en poussant à chaque gorgée un soupir censé exprimer son bien-être. À plusieurs reprises, il prit des morceaux de *scharbing* gros comme la paume d'une main, les couvrit de crème fraîche et les porta tranquillement à sa bouche avant de les mâcher lentement.

Dombuk affichait elle aussi une grande assurance, faisant du moindre incident de la matinée une petite histoire à raconter absolument aux autres. Elle buvait son thé à petites gorgées résolues, comme une adulte, sans attendre qu'il refroidisse. Elle ne mangeait presque rien.

Les deux garçons au contraire dévoraient. Une fine peau jaune s'était formée sur le thé dans leurs bols. Qu'ils semblent presque l'oublier montrait à quel point ils se régalaient avec le *scharbing*. La maîtresse de maison les encourageait tout en les invitant cependant à boire, car la forte chaleur les avait sûrement altérés.

Gulundshaa n'était plus la même : elle avait perdu son assurance aussi vite qu'elle lui était venue. Elle se sentait extrêmement gênée. Elle servait le thé à la hâte, empilant sur une assiette tout ce qu'elle trouvait à proposer. Pour finir, elle apporta aussi le plat en cuivre contenant les malheureux restes de viande de la veille. Pendant ce temps, elle répondait aux questions et remarques, acquiesçant à tout. La chaleur et la fumée s'amassaient à l'intérieur de la yourte qui ne les évacuait que lentement. Tous les visages étaient luisants de sueur, ce qui fournit en soi un sujet de conversation inépuisable. Gulundshaa s'accusa de bêtise et de maladresse ; pour quelques parts de *scharbing*, elle avait enfumé sa yourte et pour un bol de thé, importuné les gens de l'*aïl* à une heure si peu propice.

Gulundshaa était sincère en se blâmant ainsi. La vue des invités en sueur autour du feu encore brûlant lui faisait réellement penser qu'elle aurait dû choisir un autre moment pour le thé. En revanche, la tranquillité et le calme qu'affichait Schuumur étaient feints. Alors qu'il buvait à grand bruit la boisson aromatique que lui avait offert la maîtresse de maison et qu'il mâchait le *scharbing* tartiné de crème, il devait lutter contre un adversaire plus effronté à chaque gorgée et à chaque bouchée. C'était un personnage que Schuumur connaissait bien et qu'il appelait le diable. Il l'avait rencontré d'abord à la mort de son premier enfant. À l'époque impuissant devant lui, Schuumur lui avait donné ce nom. Longtemps, il lui avait semblé l'avoir chassé et repoussé. Jusqu'au moment où le petit bonheur tranquille de Schuumur avec Dshajnaasch, ce bonheur que la perte des enfants ravivait comme une poignée de sel, avait recommencé à chanceler.

C'était de nouveau à cause de son histoire avec Gulundshaa. Le diable ne lui laissait plus de repos, pas moyen de ruser avec lui ni de s'en débarrasser. Souvent, Schuumur lui était livré sans merci pendant des jours et des nuits. Or voici qu'il était de retour. Il s'était manifesté à l'instant même où Schuumur avait vu Gulundshaa assise, en train de tanner la peau. « Que reproches-tu donc à cette femme ? » avait commencé le diable. Il pensait avec le cerveau de Schuumur et s'exprimait avec sa langue. Il parlait au début d'un ton matois et doucereux. Il ne lâchait pas prise, sachant qu'il pouvait ainsi l'user, l'épuiser et l'anéantir. Soudain franchement insolent, il dit : « Elle est innocente ! » « Peut-être » répliqua Schuumur en tentant prudemment de se défendre, puis il ajouta d'un air nerveux : « Mais elle est sans pudeur. Une femme qui a l'audace de s'approcher si près d'un homme ! » « Espèce de veuf gémissant, toi et tes orphelins, vous êtes comme un vêtement troué qui n'attend que d'être reprisé. Tout ce qu'elle veut, c'est t'aider... » « Qui peut l'affirmer ? Elle veut peut-être davantage... » « Et alors ? Elle est seule, solitaire au milieu de cette vie infinie. Et toi aussi, tu es solitaire malgré tes enfants, non ? » « Oui, c'est vrai, parfois je me sens très seul. » « Tu vois ! Et si deux êtres solitaires se réchauffent l'un l'autre, où est le mal ? » « Non, non, ce n'est pas pour moi ! Le souvenir de Dshajnaasch m'est sacré. Je ne veux pas le souiller. »

« Tu ne peux pas te rendre encore plus coupable envers Dshajnaasch. C'est de leur vivant qu'il faut aimer et respecter les êtres. Ensuite, on ne fait que se bercer d'illusions. Laisse Dshajnaasch hors de tout cela, il n'y a plus rien à faire pour elle. Même cracher dans le Chomdu ou souffler dans l'ouragan aurait plus de sens ! »

Tel était le combat qui faisait rage en Schuumur. Mais il feignait le calme. Et pour rendre son attitude plus crédible, il décida d'être un parfait invité. Aussi commença-t-il à se découper de fines tranches de viande, de la taille de la paume d'une main, qu'il roulait entre les doigts de sa main droite et portait à sa bouche d'un geste habile, le couteau coincé entre l'annulaire et l'auriculaire. Et cette façon experte de le tenir, que seuls des hommes d'un certain âge peuvent se permettre, conférait au repas encore plus de solennité. La viande cuite à point était tendre, elle avait reposé et refroidi. Schuumur devina quand elle avait été préparée et à qui elle était destinée, ce qui contribua à raviver sa lutte intérieure. On avait bu presque tout le thé au lait de la théière de cuivre ventrue et à moitié vidé les assiettes et les plats. Chacun était rassasié et comme le foyer avait refroidi, la chaleur n'était plus aussi pénible qu'au début.

Dombuk dit à ses frères de rassembler les bols et d'aller les laver au-dehors, la maîtresse de maison voulut s'y opposer, mais ses invités ne l'écoutèrent pas. Les garçons s'apprêtèrent à obéir prestement à leur aînée. Mais à peine sortis, ils revinrent en courant, passèrent leur tête à l'intérieur de la yourte et s'écrièrent en chœur : « Le poulain, le poulain boit ! » Tout le monde bondit et se précipita à la porte. Dombuk sortit la première, les bras en arrière et les paumes ouvertes pour faire comprendre aux autres de ne pas faire de bruit. Ses bras tendus, ses doigts écartés et ses paumes étrangement claires faisaient penser à des ailes protectrices.

Même sans voir son visage, on savait qu'il était tendu, les sourcils froncés et les lèvres serrées. Pénétrée de la volonté de marcher du même pas que la vie et de lui envoyer à l'occasion une bourrade en réponse aux coups qui ne lui plaisaient pas, la fillette avait quitté sa précédente enveloppe. Ainsi exposée, elle leva soudain les bras en l'air en rejetant la tête en arrière, puis sa voix s'éleva, argentine et pleine :

Churaj, churaj, churaj !
Merci, grand merci à toi, Ciel Père !
Merci, grand merci à toi, Terre Mère !
Écoutez, voyez et réjouissez-vous avec nous autres [humains,
Car les deux moitiés sont devenues un tout,
Churaj, churaj, churaj !

Dongur et Tasaj, encore tout tremblants d'excitation, se tenaient à l'écart de la yourte, comme s'ils étaient seuls ; non loin d'eux, ils avaient disposé en cercle les bols remplis d'eau à ras bord, transformant en jeu la tâche qu'ils venaient d'interrompre pour suivre du regard ce que faisait leur sœur. Gulundshaa, légèrement inclinée, les bras croisés sur la poitrine, se tenait devant sa yourte. Elle était sortie, un léger sourire aux lèvres, sans doute suscité par l'enthousiasme des enfants. Mais ce sourire s'était envolé et son visage était de nouveau lisse. Derrière elle, Schuumur semblait figé dans son mouvement, la jambe gauche en avant. On voyait que sa feinte tranquillité l'avait fui. Son regard inquiet allait des uns aux autres. Quant à l'attitude de la jument, elle exprimait son bien-être : les pattes écartées, le cou tendu, elle tournait sans cesse la tête vers le poulain et flairait la peau du poulain mort, les deux peaux étant désormais unies par sa propre odeur. Elle n'arrêtait pas de s'ébrouer, mais on n'entendait aucun son, car elle se trouvait à bonne distance. Elle avait accepté le poulain et lui-même avait surmonté la peur qu'elle lui inspirait. Tardif, le chant de Dombuk aurait pu sembler superflu, voire dépourvu de sens, pourtant elle le reprit :

Churaj, churaj, churaj !
Sachez, Ciel Père et Terre Mère,
Sachez, vents, nuages, montagnes, fleuve et vallées,
Frères et sœurs dans la joie et la douleur :
Plus d'un bonheur est encore divisé,
Churaj, churaj, churaj !

De nouveau, sa voix était claire et pénétrante. Les aigus et les trilles qui jaillissaient l'un après l'autre semblaient traverser l'air lourd et chaud, telles des flèches se frayant un chemin vers le bleu tendre et frais. Car une brise semblait monter du chant. N'était-elle pas ce quelque chose qui avait sa place parmi les rayons du soleil, les zéphyrs du ciel et les eaux du fleuve, dans le balancement des forêts, la croissance des herbes et des fleurs sur les prairies, la cohésion des montagnes, des rochers, des rives et de la terre, dans l'essence de la nature qui fondait l'existence même de ce quelque chose ? C'était peut-être le souffle sain et rassurant de l'univers. Ou peut-être tout autre chose : la volonté qui sommeille en chaque être et parfois s'éveille, jaillit et se transforme, comme l'eau devient vapeur ou le bois flamme, puis atteint les autres.

Les tout premiers jours de l'été étaient passés. Leur œuvre achevée, ils avaient laissé des traces. De nouveaux événements s'y inscrivirent, les élargirent, les approfondirent et les prolongèrent. L'été battait son plein. Puissant et impétueux, son règne paraissait imprévisible. Orages et grosse chaleur alternaient rapidement, décidant du cours des jours et des nuits. Le monde et la vie semblaient à l'aube d'un nouveau commencement.

Ce jour-là, Dombuk se réveilla plus tôt que d'ordinaire. Tel un nuage noir informe, un cauchemar l'avait tenue sous sa chape. Il l'avait longtemps tourmentée, mais elle était enfin parvenue à s'éveiller et à se libérer de ce vague fardeau qui l'écrasait. La yourte était encore plongée dans la pénombre. Seule une lueur, sans la moindre trace dorée, filtrait par le trou de fumée. Avec un soupir de soulagement, réfrénant les violents battements de son cœur, Dombuk se dit qu'elle avait finalement eu raison. En effet, son père avait dit hier soir qu'il pleuvrait pendant la nuit. Le contredisant, Dombuk avait insisté pour laisser ouvert le trou de fumée. Elle n'aimait pas que le feutre du toit le recouvre. La veille encore, c'est à cause de cela qu'elle avait dormi trop longtemps. Or comme elle était l'aînée, il lui incombait de tenir le foyer. Ne pouvant se permettre de dormir jusqu'au lever du jour, elle s'était imposé de rivaliser avec le soleil. Elle était donc à présent satisfaite. Peu lui importait que le sommeil continue à alourdir ses paupières. Elle s'en débarrasserait comme d'une guenille en allant au-devant du jour naissant et prouverait ainsi qu'elle avait remporté cette gageure dont personne n'avait l'idée et que nul n'avait d'ailleurs besoin de connaître. Cette certitude l'emplit de joie et les douloureuses palpitations de son cœur se transformèrent en une sensation de légèreté. Il lui sembla plus facile de se lever. C'est alors qu'elle remarqua que le lit de son père était vide. Elle fut saisie de vertige. Pour se rassurer, elle se dit qu'il était peut-être parti chasser. Vivement, elle se faufila à tâtons le long de la paroi de la yourte à la recherche du fusil qu'elle trouva. Elle avait espéré, elle avait voulu que l'arme n'y soit pas, mais elle y était ! Elle retira sa main et resta debout dans la pénombre. Elle ne voyait rien, n'entendait rien, de nouveau enveloppée d'une chape paralysante, comme pendant son cauchemar. Ainsi il est là-bas, il est... cette pensée revenait au cœur de son engourdissement et suivait son cours. Pourtant, elle parvint à la réprimer en se précipitant au-dehors.

Seul l'horizon se dessinait nettement ; dans la vallée, la nuit régnait encore. On avait du mal à distinguer fût-ce le bétail dans l'enclos. Courbée par la douleur, Dombuk se tenait là, le regard tourné vers l'endroit où devait se trouver l'autre yourte qu'elle parvint même à distinguer au bout d'un moment. Dans l'obscurité où le gris se glissait peu à peu, la yourte avait l'air flou, semblait frémir et tressaillir. Tout à coup, la douleur se fit mélancolie et l'envahit avec une violence presque physique. Au lieu de cette mélancolie, elle aurait préféré éprouver de la colère, voire de la haine. Elle décida d'aller au bord du fleuve. Depuis toujours, on lui prêtait une force magique, car il était le sang et le lait de l'Altaï. Qui n'avait pas entendu parler de la grande Ökpesch, l'étrange chamane originelle ? Les mélodies de ses chants étaient dédiées au fleuve Chomdu, et d'une manière ou d'une autre, son existence de chamane se trouvait liée à l'eau mouvante.

La jeune Dombuk songeait à cette femme illustre, elle était prête à la suivre, quoi qu'il puisse advenir d'elle-même. On racontait qu'Ökpesch était elle aussi orpheline. Cependant, il était dit que Dombuk devait mener une vie où primait le sens pratique, aussi pensa-t-elle au même moment qu'elle ne devait pas oublier d'emporter les seaux à eau.

Parfaitement réveillé, le Chomdu descendait la vallée à vive allure et à grand fracas. Une fine nuée blanche luisait au-dessus de l'eau. Ce pouvait être la trace du jour précédent ou l'annonce du jour nouveau. Pouvait-on pressentir ce que l'un avait laissé et ce que l'autre apporterait ? Pensive, Dombuk fixait le fleuve. En cette heure où toutes les choses et tous les êtres étaient silencieux, il poursuivait seul sans se lasser son œuvre éternelle et paraissait par là même particulièrement bruyant. De tous tes frères et sœurs, toi seul ne connais pas la paix, toi qui es le plus puissant, se dit la fillette en un éclair, et cette pensée fut suivie d'une autre : ce n'était sûrement pas sans raison qu'Ökpesch, la grande figure sacrée apparue sous les traits d'une pauvre orpheline, avait révéré le fleuve Chomdu. Contrairement à d'autres chamans, elle n'avait pas voulu être déposée après sa mort sur un mélèze pour être brûlée avec l'arbre et dispersée à tous vents. On l'avait tout d'abord immergée dans l'eau du fleuve, puis brûlée sur sa rive dans un feu de genévrier ; pour finir, on avait dispersé ses cendres dans les eaux maternelles du fleuve, en cent huit endroits différents. Et l'on racontait que ceci s'était passé selon ses vœux.

Tout en pensant à cette histoire, Dombuk éprouva le désir de plonger dans l'eau pour sentir sur son corps le fleuve, pouls de l'Altaï. Elle se dévêtit en prenant plaisir à cette chose inhabituelle que chacun s'interdisait : quitter non seulement son *lawschak*, mais aussi son pantalon et faire passer par-dessus sa tête la chemise à manches longues. Toute nue sur la rive herbue, elle sourit. L'idée de s'immerger dans le fleuve nocturne l'emplissait de joie. C'était la première fois qu'elle s'accordait une telle liberté. D'ordinaire, elle attendait toujours le crépuscule. Elle s'abritait derrière les arbres, se déshabillait avec une hâte craintive et se lavait rapidement. Elle se faisait l'effet d'une voleuse, craignant à chaque fois qu'on la voie. Très tôt, elle était devenue pudique. L'eau lui sembla tout d'abord fraîche. Lorsqu'elle pénétra dans le courant, elle poussa un petit « ah » sonore. Mais l'impression de froid se dissipa vite. En revanche, le flot demeura mouvant, c'était comme si des centaines de douces lèvres embrassaient et caressaient sans cesse son corps, soudain libre, dans un état et un espace nouveaux. Elle sentait par moments la force du flux enfler, ses pieds se soulevaient au fond de l'eau et elle se rendait compte que le fleuve aurait pu l'entraîner. Mais elle n'avait pas peur, le chemin qui mène à la mort lui semblait familier, accessible et pas nécessairement redoutable. Tout demeure, rien ne passe ni ne s'efface, ce n'est qu'une métamorphose, se dit-elle sans plus y songer. Son cœur devint léger et son humeur solennelle. Elle eut envie de chanter pour partager avec d'autres le merveilleux sentiment d'exister qui l'envahissait. Elle voulait que ce soit un hymne à la gloire de tous et de tout : du ciel, des montagnes, des forêts, des fleuves et des steppes de l'Altaï, de l'herbe en train de pousser, de la chaleur et des orages, de la jument gris bleuté qui avait adopté le poulain étranger, de son père qui leur avait donné la vie, à elle et à ses frères et sœur, les nourrissant jusqu'à ce jour. À la gloire de Gulundshaa qui n'avait reculé ni devant le bonheur des autres ni devant leur douleur, et même à celle de la mort qui ne lui semblait plus si effroyable, puisqu'elle était incapable de détruire la vie. Pleine de ces pensées, elle vit le matin arriver de l'orient, brillant dans le ciel au-dessus des montagnes et des forêts. Il lui fallait sortir des flots, retrouver son enveloppe, ses vêtements. Mais le sentiment d'excitation qui l'avait envahie, sous forme d'une grande paix, demeura. Une fois rhabillée dans la prairie qui bordait le fleuve, elle chancela. Elle ressentait au creux des reins comme une brûlure de plus en plus vive, accompagnée d'une envie de bâiller. Elle y céda. Bâillant à s'en décrocher la mâchoire, elle poussa un long cri aigu. Pourtant, l'envie persistait et ne faisait même qu'augmenter. Alors, elle se mit à bâiller à intervalles de plus en plus réguliers jusqu'à ce qu'elle se contraigne à arrêter pour entonner un chant : *churaj, churaj, churaj !* Elle ne chantait pas très fort, mais d'une voix solennelle, toute tremblante d'une impatience qu'il lui fallait maîtriser.

Venez donc, mes frères, mes sœurs,
Prenez-moi par la main, menez-moi
Sur des sentiers clairs ou obscurs,
Dans tous les recoins des temps !

Elle chantait ceci sur une autre mélodie, plus impétueuse, qui retombait à la fin de chaque vers. Celle-ci venait du chaman Awyytsch qui avait connu une mort précoce et terrible en une période de troubles. Il la tenait lui-même de l'enseignement d'Omasch. Mais nul ne savait plus comment la puissante chamane Ökpesch l'avait chantée. Même les plus connus d'entre les chamans avaient craint de l'imiter, car ses esprits seraient apparus et l'on n'aurait pu les maîtriser. Cependant, tous les futurs chamans s'adressaient à elle à haute voix en l'appelant par son nom.

Churaj, churaj, churaj !
Venez, mes frères, mes sœurs,
Et toi la première, Ökpesch,
Me voici prête à vous suivre
À traverser quatre-vingt-un enfers !

Ainsi la fillette nommait-elle à son tour cette femme restée jeune et vierge, s'il fallait en croire les récits, et depuis longtemps disparue. L'enfant voulait-elle devenir chamane elle aussi ? Et pourquoi pas ? Le premier homme à avoir perçu le monde environnant comme un tout et reconnu la puissance qui l'habitait était un chaman, le chaman originel. Et chacun des êtres capables de se concevoir comme un infime fragment du tout, certes métamorphosé, mais susceptible de revenir tôt ou tard à son état premier, était un chaman. C'est cette perception du tout qui constituait l'essentiel. Tout le reste était sans importance, une pure attitude, une enveloppe rapportée, au mieux un perfectionnement, mais en fait plutôt un leurre.

Churaj, churaj, churaj !
Venez, venez, esprits des ancêtres,
Venez et pénétrez mes os,
Mes cent huit os, ah,
Et soyez l'éclair, le feu qui y brûle !

Tout en chantant, Dombuk avançait en se balançant, le bras droit planté sur sa hanche et le gauche ballant. Son excitation était retombée et sa voix résonnait un ton plus bas, chaude et pleine, telle qu'hier encore elle n'était pas. L'air avait paru bouillonner et scintiller de rouge et or avant de devenir immobile et transparent. L'aube s'achevait. Les chevaux, qui avaient dormi dans la cuvette sous la pente abrupte de la montagne, puis recherché la présence des hommes aux premières lueurs du jour pour finir la nuit près d'eux, commençaient à s'agiter. La jument gris bleuté était parmi eux. Elle se redressa, s'étira et s'ébroua légèrement, ce qui réveilla le poulain à la robe brun clair qui dormait encore. Il commença par se dresser sur ses pattes avant et se tint un moment ainsi, comme s'il luttait contre le sommeil. Il s'était débarrassé de la peau qui n'était pas la sienne. Cette peau sombre, qui avait été celle d'un autre, n'avait pas mis longtemps à sécher. L'industrieuse Dombuk l'avait tannée et assouplie ; à présent, posée du côté gauche de la yourte de Schuumur, elle servait de tapis.

Churaj, churaj, churaj !
Venez, esprits, accordez-moi votre aide,
Soyez un œil pour l'aveugle, pour la sourde
[une oreille…

À cet instant, Schuumur sortit de la yourte de Gulundshaa. Dombuk le vit tout de suite, car elle la surveillait ; comme on vise une cible, son regard était fixé sur l'*örege*, la portière en feutre aux reflets clairs. L'homme fit le tour de la yourte en refermant la portière. Dombuk se recroquevilla sur elle-même, on eût dit qu'une balle l'avait touchée au ventre. Puis elle se détourna. En regardant bien, il lui sembla que sous le ciel, le fleuve et les montagnes à l'arrière-plan s'étaient eux aussi détournés. Elle essaya de se souvenir si son père avait un jour refermé l'*örege* pour sa mère. Mais impossible de se rappeler qu'il l'eût jamais fait. Son besoin de chanter semblait apaisé, elle n'éprouvait plus que de la fatigue. Elle prit alors les seaux remplis d'eau et rentra. Elle passa tout près des chevaux. Entre-temps, ils avaient gravi la pente et se dirigeaient vers l'*aïl* tout en paissant. La jument gris bleuté et le poulain brun clair marchaient à l'écart. Trois jambes entravées, la jument mangeait avec avidité. Le poulain avait pris des forces, son ventre s'était arrondi et des étincelles semblaient jaillir de son poil luisant. Gulundshaa sortit de sa yourte pour aller faire ses besoins. Elle passa près de Schuumur qui revenait. Ils ralentirent l'un et l'autre et s'arrêtèrent un bref instant en se croisant. Comme chacun avait jeté un *lawschak* sur ses épaules, Dombuk ne put voir si leurs mains se touchaient. Elle l'imagina cependant et se dit, indignée : Mais ils ne me voient donc pas ? Sans réfléchir davantage, elle posa ses seaux et s'approcha de la jument. La bête releva la tête et la regarda apparemment sans comprendre. Le poulain s'écarta d'un bond, avec un mouvement où se mêlaient crainte et exubérance. Dombuk attrapa la mère par le cou, l'attira à elle, enfouit son visage dans la crinière et éclata en sanglots. Mais cela ne dura pas, car elle sentit la jument s'impatienter. La jeune fille se redressa et lâcha la bête. Tout en trébuchant, celle-ci partit bien vite, car le poulain avait continué à avancer avec les autres chevaux. Dombuk comprit que la jument n'avait plus besoin désormais de son chant. Pourtant un instant plus tard, elle l'entonna comme par défi : *Une fois tirée, la flèche ne revient jamais, hélas, hélas !* Elle avait murmuré cela d'une voix brisée, atone ; il lui sembla avoir terminé la strophe interrompue, inachevée, et accompli son devoir.

Que sont devenus les personnages de notre récit ? Et surtout Dombuk ? Une chanteuse ? Une chamane ? Comme ce n'est pas l'imagination qui m'a fourni la charpente de ce récit, mais la vie elle-même, je peux répondre à cette question et à bien d'autres.

Schuumur et Gulundshaa vécurent sous le même toit. La yourte qu'ils possédaient était plutôt claire et si l'œil n'y décelait aucun superflu, rien n'y manquait non plus. Les troupeaux de chevaux et de chèvres prospérèrent. Les uns comme les autres conservèrent leur couleur d'origine, ce qui permettait de les reconnaître aisément. Parmi les descendants de la jument gris bleuté, deux en particulier firent honneur au nom du vieillissant Schuumur. Ils gagnèrent en effet quelques courses plus ou moins importantes. Le dernier des deux, un hongre qui malgré ses dix ans semblait encore d'un bleu d'acier quand il était en sueur, faillit au demeurant se transformer en moto. Car quelqu'un proposa au fils de Schuumur, qui avait gagné grâce à lui neuf courses de *Kys-Kuar* coup sur coup, d'échanger le cheval contre une moto dont il était propriétaire. Ce à quoi le fils de Schuumur répondit poliment : « La moto que vous possédez vaut sûrement cher, je ne voudrais pas vous en priver. Et vous, laissez-moi mon cheval, je vous prie ! »

Par la suite, ce cheval renommé changea tout de même de mains : son cavalier l'offrit spontanément sans rien demander en échange, au contraire, il tint à y ajouter encore un chaudron. Il s'agissait du chaudron à quatre anses que Schuumur avait négocié jadis avec un marchand étranger contre quarante peaux brutes de marmottes. Le hongre, devenu blanc comme une chèvre, devrait se reposer tout l'été et l'automne avant d'être abattu, puis sa viande serait cuite dans ce chaudron. C'était la condition à remplir par le nouveau propriétaire.

Le fils de Schuumur voulait quitter l'Altaï, car le grand mouvement qui ébranla la région, et persiste encore aujourd'hui, avait déjà commencé. Le contrat qu'on avait accepté était entré en vigueur avec quelques mois d'avance, et maintenant il fallait partir. Mais auparavant, on devait tout vendre pour récolter de l'argent. Aussi proposait-on à ceux qui restaient tout ce que l'on possédait, les objets, le bétail ; et plus le temps pressait, plus les prix baissaient. Un destin d'émigrants ! Mais pour ce qui est du cheval, ce n'est pas l'argent qui importait au fils de Schuumur ; comme le veut la coutume, il tenait à ce que cette bête aimée graisse son chaudron, au sens propre du terme. Celui auquel le fils de Schuumur fit cette proposition était un homme sage et sensible. Il promit de rendre au cheval tous les honneurs qui lui étaient dus et demanda même sur quels rochers il devrait déposer son crâne.

Touché, le fils de Schuumur répondit : « Comme c'est bien de votre part, *Aga* ! Je sais maintenant que je peux partir tranquille. Ainsi apprenez la chose suivante : mon père racontait que c'est sous le Gysyl-Chaja, sur la congère de Saryg-Sigen, que le poulain avait vu le jour, et qu'il avait ôté lui-même la bave qui lui souillait la bouche. Mais Saryg-Sirgen est loin de votre campement d'hiver, et même en d'autres saisons, il est rare qu'on s'y rende de nos jours. Aussi suffira-t-il que vous déposiez le crâne sur un rocher près de chez vous, et je vous en serai éternellement reconnaissant ! » « Non, non, protesta l'homme, le crâne reposera sous le Gysyl-Chaja ! » Pleinement rassuré, le fils de Schuumur éprouva une véritable gratitude. Dès lors, le départ lui pesa moitié moins.

Mais j'ai un peu anticipé. Avant cela s'écoulèrent les années du nouveau bonheur, puis la mort ne manqua pas de survenir et marqua leur fin. L'union fut validée par une naissance. Cet enfant de la maturité, fruit d'un bonheur tardif, n'avait pas moins de signification que le bout de papier couvert de signatures et de tampons qu'on appela par la suite contrat de mariage. C'était une fille qui aurait pu contribuer à la renommée de beauté de la tribu des Touvas, car elle était d'une agréable stature et possédait un visage d'une grâce extrême. Mais loin de s'épanouir, elle mourut à peine âgée de dix ans. Schuumur parut incapable de se remettre de cette perte. Il était très attaché à l'enfant. Il vieillit vite, tomba malade et finit par mourir. Lorsque l'on souleva la yourte du côté nord-est pour glisser sous la paroi en treillis qui grinça le lourd sac en lin contenant le corps recroquevillé et à moitié rigide de l'homme, la femme gémit et sanglota comme une gamine. Les enfants de Schuumur pleuraient eux aussi, mais en silence, comme il convient. Gulundshaa avait toujours une abondante chevelure d'un noir de jais, tout en elle avait conservé un air de jeunesse. Elle vécut les années qui lui restaient sans que survienne d'événement marquant. Elle ne donna prétexte à quiconque de dire du mal d'elle. Autant que pour son propre fils, elle fut une mère pour les enfants de Schuumur. Nul n'aurait pu la traiter de marâtre. À sa mort, les trois enfants de Schuumur, accompagnés déjà de quelques petits-enfants, versèrent de grosses larmes claires. Les temps avaient changé, et on la mit dans une caisse aussi longue et large que son corps. Cette caisse s'appelait cercueil, et bien qu'elle fût encore dépourvue du moindre ornement, elle donna à ceux qui restaient la certitude que cet être n'irait pas directement dans la terre, ce qui leur fut une légère consolation. Car les honneurs rendus au défunt nous semblent chargés de sens. Or à l'instar de tous les pays, celui-ci avait eu ses chefs : princes, riches ou chamans. Mais on n'avait jamais mis aucun d'eux dans une boîte afin de le porter en terre pour l'éternité, comme on le disait soudain. Aussi certaines des personnes présentes à la cérémonie affirmèrent-elles que Gulundshaa avait eu de la chance, tandis que les autres, indignées, estimèrent que ce nouveau moyen d'enterrer les morts constituait à jamais pour l'âme une prison et un bannissement.

Je viens de parler de trois enfants de Schuumur, et non de quatre. C'est que Dombuk déjà manquait. Elle qui voulait devenir chamane, cela ne lui réussit pas. Elle était arrivée trop tard. L'époque qui avait fait brutalement irruption ne laissait pas de place aux retardataires. Elle renversa et balaya l'enfant obstinée qui voulait à tout prix n'en faire qu'à sa tête. Dombuk resta célibataire. Alors que quelques années plus tôt, les hommes se battaient pour obtenir les faveurs d'une future chamane, il ne s'en trouva pas un seul pour demander sa main, bien qu'elle fût travailleuse et plutôt jolie. Elle demeura seule et sans doute mourut-elle vierge. Elle était néanmoins devenue une personnalité renommée, allant d'*aïl* en *aïl*, répondant à toutes les questions de façon claire, sans équivoque et souvent sans égards, prévoyant des événements qui se réalisèrent souvent. Cela dut réconforter l'ambitieuse qui ne renonça donc pas à cette activité aux résultats douteux pour reprendre une vie ordinaire. Sa fin fut assez banale et n'eut que quelque vague ressemblance avec celle d'Ökpesch.

Dongur au contraire mourut en héros, suivant une expression qu'affectionne notre époque. Un groupe d'enfants jouait sur un radeau arrimé à la rive par une corde qui lâcha. Le radeau partit avec les petits, mais resta accroché à un récif au milieu du fleuve. Dongur était sur le bord. Pour chercher du secours et sauver les enfants terrorisés, il lui aurait fallu courir jusqu'au centre du *sumun*. Mais la distance était grande, et plus grave encore : l'esquif coincé dans le courant tanguait et balançait si fort qu'il pouvait à tout instant se dégager de l'obstacle invisible et partir à la dérive. Aussi Dongur choisit-il la voie la plus courte, certes dangereuse, voire désespérée. Il se déshabilla et entra dans l'eau. Il ressemblait à sa mère Dshajnaasch, non seulement par la couleur de ses cheveux, mais aussi par sa corpulence ; c'était un homme fragile et malingre qui sortait tout juste de l'hôpital ; il y avait passé tout l'été, car il souffrait de tuberculose. On était maintenant au cœur de l'automne, et il était en route pour rentrer chez lui. L'eau avait repris sa couleur verdâtre du début de l'été, elle tourbillonnait avec fracas, écumante et impétueuse, car la chaleur persistait et devenait même ardente vers midi, si bien que des ruisseaux et des rivières au flot encore abondant se précipitaient des glaciers dans les vallées avant de se jeter enfin dans le Chomdu. À cela s'ajoutait la pluie qui, tel un rêve bref et violent, tombait souvent à l'aube sous forme de grêle qui s'abattait sur les montagnes et la steppe, grossissant le fleuve. Pourtant, l'homme se risqua dans l'eau, lui qui ne savait même pas nager. Au début, la chance lui sourit : chancelant au milieu du courant qui lui frappait furieusement le flanc, il parvint sain et sauf jusqu'à l'embarcation. Mais alors qu'épuisé il y prenait appui, ce qu'il avait redouté se produisit : le radeau reprit sa course. Accroché à une poutre qu'il enlaçait comme un frère, Dongur flotta un moment, puis il parvint à se hisser sur le radeau avec l'aide des petits. Il n'avait pour sa part aucune expérience en la matière, mais comme tous les enfants, il avait souvent observé depuis la rive comment les gens s'y prenaient pour diriger ce genre d'embarcations. Il lui fallait maintenant se débrouiller avec un radeau fou qui filait emporté par le courant. C'était un homme relativement habile et il parvint au bout de quelques tentatives à diriger l'esquif. Pour éviter qu'il ne se mette en travers du fleuve, il était obligé de courir sans cesse d'une rame à l'autre. Or, l'embarcation était longue et le flux la ramenait au milieu de l'eau avant qu'il soit parvenu à la rame opposée. Aussi ses efforts étaient-ils sans cesse réduits à néant. Les enfants ne pouvaient pas lui être d'un grand secours, ils étaient tous trop petits pour tenir bon la rame taillée dans un tronc de mélèze dont un bout avait été effilé, et il leur était d'autant plus impossible de la manier à contre-courant. Pourtant, il parvint à plusieurs reprises à éloigner le radeau du milieu du fleuve, où se déchaînaient les flots, et à jeter vers la rive un ou deux des enfants terrorisés, incapables d'initiative. Ils tombaient dans une eau peu profonde et ne tardaient pas à atteindre la rive de galets. Il parvint ainsi à sauver tous les enfants de la mort. Mais ce fut au prix de sa vie. Il n'avait pas quitté le radeau. D'après le récit des petits, il avait continué à lutter contre le flux, courant d'une rame à l'autre. Selon toute vraisemblance, il s'était enhardi en luttant et avait voulu sauver le précieux esquif en bois d'œuvre qui avait coûté tant de peine et de sueur. C'est seulement au bout de plusieurs jours que l'on retrouva son corps bien loin en aval du fleuve. Il était méconnaissable. Mais on lui rendit tous les honneurs. On le déposa dans un cercueil dont le fond était en soie verte comme la prairie, le couvercle en soie bleue comme le ciel, et l'extérieur en velours rouge et noir. Un grand camion l'emporta dans la steppe de Scholuk. Les gens s'étaient rassemblés en grand nombre et ce fut un enterrement jusqu'alors sans pareil dans ce coin du monde. On continua un moment à parler de Dongur. On disait qu'on allait le décorer à titre posthume. Certains, qui aimaient à exagérer, transformaient cette décoration en monument. Qu'il était singulier de s'imaginer un chasseur touva, un gardien de chevaux, en statue de plâtre ou de pierre, à l'instar d'un roi européen, d'un écrivain russe ou du chef d'une révolution ! Plus d'un enviait le fils de Schuumur, lui qui avait laissé trois orphelins, une jolie et gentille veuve, et dont la vie avait pris fin avant d'avoir atteint son midi. Mais vinrent les premières difficultés. On disait que l'attestation destinée aux instances supérieures n'indiquait pas le bon nombre d'enfants sauvés. Elle faisait mention de douze, alors qu'ils n'étaient que huit en réalité, car quatre avaient sauté à l'eau et s'étaient sauvés tout seuls avant son intervention. Les esprits s'échauffèrent. D'autres obstacles surgirent, par exemple les réserves que l'on pouvait émettre quant à la validité des témoignages. Au bout du compte, l'affaire se tassa et finit en poussière. En tout cas, celle de la décoration et du monument, car nul n'oublie quelqu'un qui sacrifie sa vie pour en sauver d'autres. Devenus adultes et eux-mêmes parents, ceux qui sans lui seraient morts raconteront à leurs propres enfants l'histoire de cet homme courageux, mais mortel. Et à leur tour, leurs enfants la transmettront jusqu'à ce qu'elle devienne un jour une légende. Forts de cette certitude, oublions tranquillement monument et décoration. Que cette dernière orne la poitrine d'un vivant en quête de louanges et de reconnaissance !

Tasaj était allé à l'armée, il avait vu la ville. À son retour, Dongur était mort. Il ne pouvait s'imaginer l'avenir sans son aîné. Tout au plus aurait-il pu s'occuper des enfants de son frère, mais il pressentait déjà que sa belle-sœur, assoiffée de vie et encore très belle, ne supporterait pas longtemps son veuvage. Aussi alla-t-il proposer ses services au bureau d'embauche. En quittant le pays, il emmena une jeune fille. Comme elle n'était pas encore majeure, il eut du mal à obtenir son visa de sortie. Il justifia ses intentions en déclarant « En vue d'un mariage ultérieur ». On sourit, on tenta de le convaincre de partir d'abord tout seul et de se trouver une maison. On présumait que dans les contrées méridionales, comme on appelait les régions où les gens émigraient, nul ne vivait plus depuis longtemps dans des yourtes comme ici, et qu'il ne serait pas difficile d'y acquérir une maison. Tasaj objecta qu'une foule de garçons voulaient se marier et que l'un d'entre eux risquait de lui prendre sa fiancée. Les discussions allèrent bon train, jusqu'au moment où le futur époux dit : « Dans ce cas, je reste ici ! » On lui dit qu'il serait puni, car un contrat est une affaire d'État à laquelle il est impossible de contrevenir. Tasaj eut d'autant plus envie de résister. « Schuumur a eu deux fils. Considérant que sa vie valait d'être risquée, l'un en fit le sacrifice le moment venu. Quant à l'autre, il ne se soucie pas d'argent. Comme vous le savez, je peux vous rendre la somme à tout moment ! » Personne n'ignorait qu'après avoir vendu les troupeaux de son père, il était à l'aise. Pourtant, cet argument ne fut pas décisif, mais plutôt le fait qu'il ait évoqué la mort de son frère. C'était justement l'époque où l'on ne parlait que de la décoration et du monument. Le représentant de l'État réfléchit, décida de faire une petite exception et accorda à la fiancée l'autorisation de quitter le pays. Tasaj emmena aussi Schashynbaj, sa propre sœur, ce qui fut une bonne chose pour elle. Car une fois à l'étranger, cet être craintif et malmené par la vie se métamorphosa. Elle continua certes à loucher, mais elle ne s'en soucia plus, car elle voyait bien qu'elle n'était pas la seule et qu'il existait des gens bien plus désavantagés qu'elle dans ce monde beaucoup plus vaste que celui qu'elle avait connu jusqu'alors. Son corps était vigoureux, sain et endurci, elle savait travailler. Et elle devint une ouvrière célèbre. Elle obtint de nombreuses distinctions, et même une médaille. Peut-être recevra-t-elle un jour la décoration qui devait honorer le nom de son frère mort et toute la famille de Schuumur, qui sait… ? Plus important encore : elle eut un enfant. Bien qu'aucun homme ne voulût rester auprès de cette femme au nom illustre, pleine de force et de vitalité, mais affligée de ce maudit défaut à l'œil, il s'en trouva un pour la rendre mère. Souhaitons à son enfant de prospérer, afin qu'il fasse le bonheur de sa mère et qu'elle devienne aussi une heureuse grand-mère.

Aujourd'hui, Tasaj vit à Dsüünscharaa, le chef-lieu du district, il travaille par roulement dans une grande entreprise. La jeune fille qu'il a conquise de haute lutte est devenue une bonne épouse. Elle lui a donné cinq enfants, contingent requis pour obtenir le deuxième grade de l'ordre de la « gloire de la mère ». Ayant contribué lui aussi au développement et à l'avenir de ses enfants, Tasaj pourrait presque être un père glorieux, mais pour l'instant, seules les mères se voient décerner ce titre officiel.

Les descendants de Schuumur vivent au rythme des horloges, alors que leurs ancêtres suivaient celui du soleil et de la lune, accordant une importance vitale à la position des étoiles. Même si cela fait une grande différence, elle n'est pas si énorme, en tout cas pas autant qu'on se l'était imaginé en abandonnant son petit coin de terre et ses coutumes familières pour s'installer dans une contrée étrangère et adopter un autre mode de vie dans l'espoir d'être plus heureux. Car les soucis et les joies existent partout, ils marchent main dans la main, et la vie est faite de leur interaction. On n'échappe pas plus aux premiers qu'on ne peut attraper les secondes. Ensemble, les uns et les autres sont l'essence de l'existence.

Ce n'est pas un vent favorable qui m'a soufflé cette sagesse. Elle est le fruit d'une rencontre qu'il m'a été donné de faire. Il s'agissait d'ailleurs plutôt de retrouvailles, et celles-ci m'ont laissé la marque d'un coup de griffe qui a cessé de me brûler et de me faire souffrir avec le temps, tout en demeurant indélébile comme une cicatrice. Mon métier de journaliste me conduisit dans la ville où allaient avoir lieu ces retrouvailles inattendues. Les pistes que je devais suivre étaient définies à l'avance et parsemées de « succès ». Les *dargas* m'avaient donné les noms qui devaient faire l'objet de mon enquête. Il fallait que je parle avec les gens qui m'étaient indiqués et que je publie dans mon journal le contenu de nos conversations. On appelle ces gens les « meilleurs de la production » et chaque *aïmak*, chaque *sumun*, chaque entreprise en possède une poignée. Quand viennent des visiteurs ou des reporters, on met les « meilleurs » en avant, comme on tendrait un bouquet, et c'est à travers eux qu'il faut se faire une idée de la masse invisible, tant célébrée. Les visiteurs n'ont pas le choix, ils doivent se contenter de ce qu'on leur propose. Pour les reporters, les choses peuvent se passer autrement. Ils n'ont pas seulement le droit, mais l'obligation de rechercher toujours et partout la vérité, ainsi que d'aller au fond des choses. Toutefois celui qui en est incapable, le nouveau ou le flemmard, se contente de prendre le bouquet des « meilleurs de la production » et de mettre ainsi dans un vase appelé « genre » tout ce qu'il voit et entend, afin d'en régaler les lecteurs, les auditeurs, voire les spectateurs : Tenez, voici les succès qu'il nous faut, allez-y, servez-vous… !

Parmi ces « meilleurs » se trouvait aussi Tasaj. Ce n'est pas seulement par politesse que j'avais envie de le rencontrer, j'étais également curieux de retrouver un ancien compatriote, de voir comment lui allait l'habit du héros et s'il s'y sentait à l'aise. Tasaj ne m'avait pas reconnu. Comment l'aurait-il pu ? J'étais beaucoup plus jeune que lui, et sans doute encore tout petit quand il avait tourné le dos à l'Altaï. Je ne l'aurais pas reconnu non plus, même s'il ne pouvait avoir changé autant que moi, bien sûr. Heureusement, j'avais noté son nom sur mon calepin, ainsi que celui de son père. L'homme était réservé et manquait même d'assurance. Je me suis tout de suite rendu compte qu'il n'était pas de ceux qui aspirent au rôle de héros, tantôt mérité, tantôt fabriqué, et s'en délectent comme d'un pichet de vin doux ou d'un bout de tarte à la crème. Il prétendit plutôt n'être pas digne de figurer dans le journal. Je voulus savoir pourquoi. « Ce n'est pas ma conscience qui me pousse à travailler » dit-il. « Mais alors quoi ? » Je commençais à éprouver de la curiosité. « Je travaille pour vivre, pour vivre aussi bien que possible. » « Et vous vivez bien ? » « Oui, pas mal. » Ce n'était vraiment pas ainsi que l'on apprenait à parler aux « meilleurs de la production ». Je pouvais et devais continuer à l'interroger. Peu à peu, j'appris qu'il possédait une yourte où rien d'essentiel ne manquait. Je lui ai demandé s'il n'aurait pas réussi à acquérir tout cela en restant au pays. Il a répondu de façon vague, sans vouloir s'étendre. C'est à ce tournant de notre conversation que j'ai jugé bon de lui dire qui j'étais. Tasaj m'a regardé, je savais qu'il cherchait des traits familiers et je vis qu'il les avait trouvés. Puis il s'est levé et avancé vers moi, il me semblait chanceler légèrement, il m'a attrapé comme on attrape les enfants, en posant ses deux mains sur mes joues, puis il m'a embrassé, juste à côté du bout de ses pouces. Il avait les mains rêches, sans doute dures et lourdes, mais à cet instant, elles ne l'étaient pas ; ses baisers ne faisaient que m'effleurer, il me reniflait plus qu'il ne m'embrassait. Il avait quitté sa patrie depuis trente-trois ans. Au début, il avait écrit et reçu des lettres. Il avait aussi eu des visites ou cherché à rencontrer des compatriotes, en retrouvant toujours un. Cependant depuis au moins dix ans, sinon plus, les choses avaient changé. Les liens qui le rattachaient à la patrie s'étaient brisés l'un après l'autre. Il en avait noué d'autres. Il avait une nouvelle patrie. Voilà ce que j'appris, et d'autres choses encore. Mais seulement par la suite. Il me fallut d'abord répondre à ses questions : « Et le fils de… voyons, comment s'appelait-il déjà… que fait-il ? » « Et la fille de… comment s'appelait-elle donc… que fait-elle ? » « Et ce garçon de la tribu, ah, je ne retrouve pas son nom, attends, ça va me revenir… » Les gens dont il me demandait des nouvelles étaient tous d'un certain âge. Je les connaissais et je savais ce qu'ils étaient devenus. La plupart étaient morts ou avaient quitté le pays. À chacune de mes réponses, Tasaj hochait la tête. Les gens habitaient-ils toujours des yourtes ? Continuaient-ils à parcourir la région avec leurs yourtes et leurs troupeaux ? L'un des chamans vivait-il encore ? Schashynbaj peut-être ? Ou Mangnaj ? Ou Pürwü, la femme de Sama ? Organisait-on toujours des courses de chevaux ? Et des luttes ? Quel était le cheval le plus rapide ? Comment s'appelait le meilleur lutteur ? De qui était-il le fils ? Puis il me demanda de lui parler des montagnes, des fleuves, des vallées, des steppes et des lacs. « Tout est toujours à sa place », lui dis-je d'un ton serein. Même s'il ne reste pas beaucoup de forêts ni de halliers. Mais singulièrement, il ne m'a pas interrogé à ce sujet. Peut-être pensait-il que ce qui peut repousser n'est pas si important. Je me suis rendu compte qu'il avait bonne mémoire : il ne confondait personne, ne mélangeait pas un seul nom. Bien qu'il continuât à utiliser la langue mongole, il citait les noms en touva. Puis il m'a interrogé sur les emplacements des campements d'été, d'automne, d'hiver et de printemps. Et il s'est avéré que je connaissais mal certains noms, voire d'autres pas du tout. Par exemple, je ne savais qu'à peu près celui du cours supérieur du fleuve Ak-Chem et pas du tout ceux des cuvettes, des collines et des gens qui y avaient habité. Tasaj essayait de m'aider : « Rappelle-toi la colline aux trois pierres violettes, celle de gauche ressemblait à une marmotte accroupie ! » Je réfléchissais, sans réussir toutefois à découvrir la colline dont il parlait. Il insistait et m'obligeait à faire des efforts pour me souvenir. C'est ainsi qu'il en revint pour la quatrième fois à Dagylgalyg Meshelik, la colline la plus haute, dont je me souvenais parfaitement. Mais quand il vit qu'il était vain de chercher à me faire retrouver celle à laquelle il songeait, il dit avec impatience : « Mais comment peut-on oublier son pays natal ! » C'était comme un reproche. Et soudain, il me demanda de lui parler du campement d'hiver de Gysyl-Ushuk. Je n'ignorais pas qu'il avait appartenu à son père Schuumur, aussi étais-je préparé à cette question. Conscient de n'avoir pas le droit de lui cacher quoi que ce soit, je lui ai raconté ce que je savais. Ce n'était ni peu ni vague. Car Gysyl-Ushuk était proche du chemin que j'empruntais aujourd'hui encore pour me rendre à cheval dans les Montagnes Noires où vivait mon père. Et à chaque fois ou presque, je jetais un coup d'œil au campement. « Il est toujours habité, ai-je dit pour le réconforter. Les rochers rouges sont toujours là, comme éparpillés sur la pente, mais le cercle de pierres qui formait une muraille n'existe plus ». « Qu'y a-t-il à la place ? » « Des murs carrés surmontés d'un toit. Une étable pour le petit bétail, comme on en voit partout de nos jours. » « Et à l'emplacement où se trouvait notre yourte ? » « Sans doute une hutte », ai-je répondu d'un ton évasif, car je ne savais pas exactement où se dressait la yourte de Schuumur et il me semblait par ailleurs avoir aperçu la dernière fois, il y a un an et demi, deux ou trois huttes à l'extérieur de l'enclos. « Notre yourte était à environ quinze pas à main gauche du plus haut des deux blocs », dit-il d'un ton vif. Je ne savais pas comment réagir, car je n'avais jamais observé ce campement avec beaucoup d'attention et je n'arrivais pas à me rappeler ce genre de détails précis. « Et le *schagaa* ? a-t-il insisté. Tu l'as vu ? Il était plus gros qu'une souche de mélèze et plus grand qu'un homme ! » De mon enfance m'était resté le souvenir du *schagaa*. Lors de la fête du nouvel an, que l'on appelle également *schagaa* et qui a donné son nom à la colonne de pierres, on discernait les volutes de fumée deux vallées plus loin, et jusqu'au cours du Charaat, depuis notre campement d'hiver dans les Montagnes Noires. Comme Gysyl-Ushuk n'était pas très éloigné, nos regards aiguisés d'enfants distinguaient non seulement la fumée, mais aussi le *schagaa* qui se découpait sombre et bleuté sur le fond clair. « C'est au tour de Schuumur et des siens », avait coutume de dire mon père quand les colonnes de fumée s'élevaient à Gysyl-Ushuk. Par temps favorable, ce qui était en général le cas à l'époque du *schagaa*, en particulier à l'aube, l'épais nuage ne tardait pas à se transformer en mince filet d'un bleu d'encre qui s'étirait sur quelques centaines de mètres, quelques longueurs de lasso. Aussi avais-je fait attention au *schagaa* en passant plus tard près du campement d'hiver. Je lui ai dit : « Les pierres ont servi à construire la petite maison. » « Quelle petite maison ? » s'est écrié Tasaj avec emportement. « Quelle maison ? Voyons, nous ne pouvons pas attendre de gens qui ont leurs propres coutumes, aussi étrangères aux nôtres que l'eau l'est au feu, qu'ils fassent brûler de l'encens sur nos *schagaas*, s'inclinent devant eux, voire les transforment en temples ! » Je voyais bien que Tasaj était effondré, même si son attitude n'avait pas changé d'un pouce et s'il ne répondait rien. Son teint paraissait gris, il avait l'air vieux et fatigué, il offrait l'image opposée de celle que j'aurais dû donner de lui en tant que journaliste pour « l'édification des lecteurs » et l'élévation de leur esprit en rédigeant consciemment un document historique valable en toutes circonstances et pour tous les temps. Puis il dit : « Ce ne sont donc plus les nôtres qui habitent le campement d'hiver ? » « Non ! » Blême, Tasaj me fixait sans me voir. Moi qui étais encore tout remué par l'évocation du *schagaa*, je me retrouvais confronté à ce visible désespoir ! Le système de défense que j'avais édifié s'effondra : « Nul n'a pris quoi que ce soit à quiconque ! En l'occurrence, quelqu'un a abandonné quelque chose en partant. Il n'a pas dit qu'il reviendrait reprendre son bien. Non, il est parti, voilà tout ! Il espérait être plus heureux ailleurs. Je trouve fort singulier que nul ni personne ne veuille comprendre qu'en abandonnant une chose, on perd aussi le droit de la posséder ! » Le visage de Tasaj reprenait des couleurs. Son expression changeait. Il me fallait faire vite pour me libérer de ce que j'avais à dire. J'ai poursuivi : « Ce que nous laissons en plan sans scrupules, emballant soigneusement des chaussures éculées, des chaussettes trouées et des bouts de fromage moisis, s'appelle pour d'autres une patrie et constitue un bien sacré ! Soyons justes : il en est allé de même pour nos ancêtres, et c'est au prix de leur sang et de leur vie qu'ils ont défendu et conservé leur terre et tout ce qu'elle portait ! Or nous deux, vous le fils de Schuumur, et moi le fils de Schynykbaj, nous l'avons abandonnée. Il est grotesque de s'insurger maintenant contre ceux qui s'en occupent et la manière dont ils le font ! » J'étais sûrement allé trop loin. Mais Tasaj ne m'en a pas voulu. Il s'est maîtrisé et m'a invité chez lui.

Sa demeure était une yourte citadine, massive et pimpante. Dois-je mentionner qu'il s'y trouvait une radio, un réfrigérateur, un téléviseur, ainsi que maints objets que nos ancêtres n'avaient pas connus, et que le poste de télévision montrait des images venues de pays étrangers ? Je ne me souvenais pas de sa femme, originaire d'une autre vallée. Tasaj l'appelait d'un nom mongol aux sonorités agréables qui n'était sûrement pas courant dans notre coin à l'époque où elle était née. La jeune fille qui me salua hardiment, en m'examinant avec attention, portait elle aussi un nom magnifique. C'était la plus jeune des enfants, tous les autres avaient déjà quitté la yourte familiale. Je fis la connaissance de certains d'entre eux. Beaux et énergiques, ils semblaient passer leur vie à courir. Avec eux vint et repartit une foule de petits-enfants. Moi qui avais connu Schuumur, j'essayais de me le représenter au sein de cette famille, sans savoir quel rôle lui attribuer. Tasaj me raccompagna à l'hôtel. Il serait certainement resté encore un moment, mais mon prochain interlocuteur était déjà là. À la vue de ses décorations et de ses médailles, je compris que j'allais avoir affaire à un authentique « meilleur de la production ».

Une chose m'avait frappé : en société, mon compatriote évitait d'évoquer des détails le rattachant au passé. Chez lui, nous nous étions entretenus de généralités, de soucis et de joies quotidiennes, de banalités. Mais dès que nous nous étions retrouvés seuls, notre conversation avait pratiquement repris là où nous l'avions interrompue.

Il lui fallut laisser la place au suivant, et moi me consacrer de nouveau aux « affaires de l'État ». Mais auparavant, il me prit un instant à l'écart : « Petit frère, me dit-il en touva, chuchotant à demi, je n'ai pas voulu te faire honte devant les autres, car ce que j'ai à te confier, je tenais à te le dire dans notre langue. Sans doute pour que tu ne l'oublies pas : je ne veux pas que l'on parle de moi dans le journal. Petit pantin censé jouer les héros, on devient la risée des gens et en plus, on a mauvaise conscience vis-à-vis de soi-même. S'il faut à tout prix que tu écrives, parle de mon frère qui s'est noyé dans l'eau du fleuve ! Le héros, c'est lui ! On dit que mon père lui aussi a failli devenir un héros, il a même été blessé par balle ! Il paraît que tu as écrit l'histoire de

Dshaniwek et celle de son fils Bajnak, alors pourquoi pas celle de Schuumur et de son fils Dongur ? Mais pas la mienne ! » Il parlait touva comme quelqu'un qui vivrait toujours dans la vallée de l'Ak-Chem. Au cours des trente-trois ans dont il avait parlé comme d'une éternité, sa langue maternelle ne lui était en rien devenue étrangère. Au moins les premiers temps, peut-être l'employait-il comme il continuait à porter une chemise ou un pantalon sortis de son baluchon d'exilé — jusqu'à ce que le vêtement soit usé ? Peut-être un pan de sa vie passée collait-il à son existence actuelle comme une tache indélébile ? Peut-être quelqu'un, un ami ou sa sœur, lui permettait-il de se réfugier parfois dans la langue qui l'avait aidé comme une mère à découvrir la vie, le monde, et à se les approprier ? Tandis que ces pensées me traversaient l'esprit, il posa de nouveau ses mains sur mes joues, déposant sur chacune un baiser, ce qui était contraire à la coutume : l'une de mes joues aurait dû rester intacte pour la prochaine fois, pour nos retrouvailles. Cette coutume avait-elle échappé à sa mémoire qui semblait pourtant retenir tout ce qui y était un jour entré ? Ou pensait-il vraiment que ne nous nous reverrions plus ? Pourtant, nous venions de nous retrouver et nous savions maintenant où nous en étions l'un et l'autre. Je réfléchis longtemps à la manière dont nous avions pris congé et je finis par parvenir à une conclusion : nous étions deux petites gouttes d'un étang qui s'écoulait à présent, aspiré par la mouvance du temps. Fruit du hasard, notre rencontre était sans conséquence ; tous nos efforts futurs n'y pourraient rien changer : les dés étaient jetés. Toute tentative pour sauver l'étang en train de s'assécher serait pareille au *dshargak* que l'on jette sur ses épaules alors que l'orage a déjà éclaté. Le courant était irrésistible, sa direction inexorable. La loi s'imposait : la mer attirait à elle l'étang. La mort était en marche. Mais c'était une mort porteuse de vie. D'une autre vie. Désormais, on raconterait aussi d'autres histoires.

Glossaire

Aga, agaj (touva) : mot employé pour s'adresser à un frère ou à un oncle.

Aïl, aul : campement de yourtes.

Aïmak (mongol) : unité administrative, district.

Altaï/Chomdu-Altaï : partie touva de l'Altaï.

Année du Singe Blanc : 1943-1944.

Ata (kazakh) : père.

Awaj (touva) : mot employé pour s'adresser à une sœur ou à une tante.

Baj (turc) : homme riche.

Bajbische (kazakh) : façon polie de s'adresser à une femme d'un certain âge ; c'est ainsi que l'on désigne la première épouse.

Batyr (kazakh) : héros.

Beg (touva) : prince.

Brique de thé : thé pressé qui a longtemps servi aussi de monnaie d'échange chez les peuples mongols.

Chara-Chöjük : tribu touva.

Charlyg-Chaarkan : la montagne sacrée des Touvas, environ 4000 m de haut.

Chatgyyr (touva) : hutte pointue, yourte sans paroi en treillis, avec seulement la charpente du toit.

Choïtpak (touva) : lait fermenté de yak, de chèvre ou de brebis.

Chomdu : le plus grand fleuve des Touvas, son nom signifie littéralement « fleuve dangereux ».

Chuda (touva) : les parents des époux sont « chuda » entre eux.

Chudagyj (touva) : féminin de chuda.

Churaj (touva) : exclamation bienveillante adressée au ciel, aux montagnes, etc.

Darga (mongol) : chef, supérieur.

Dastarkan (kazakh) : grande pièce d'étoffe sur laquelle on présente de la nourriture.

Delegej (touva) : yourte sans cerceau de toit, abri provisoire.

Dokpak : gourdin, massue en bois.

Dokpak-Chara : tribu touva.

Dör (touva) : côté de la yourte situé face à la porte et considéré comme la place d'honneur ; c'est là que s'assoient le maître de maison et les hôtes d'un certain âge.

Dshagy : vêtement en fourrure dont les poils sont à l'extérieur.

Dshargak (touva) : vêtement en cuir lisse.

Dshitschij (touva) : vocable employé pour calmer les chèvres pendant la traite.

Dsüüncharaa : petite cité industrielle du nord de la Mongolie ; chef-lieu de district.

Gadyn (touva) : princesse.

Gashyk (touva) : osselet qui sert à jouer.

Gök Deeri (touva) : le Ciel bleu, la plus haute divinité des nomades.

Gögeer (touva) : sac en peau de yak utilisé pour conserver le lait fermenté.

Gürgüi (touva) : vocable employé pour calmer les yaks pendant la traite.

Guruj : vocable employé pour appeler un cheval.

Gurut (touva) : gros morceaux de fromage blanc séché.

Irgid : la plus importante tribu touva.

Kunanbaj (-batyr) : Kunanbaj le héros.

Kys-Kuar (kazakh) : course où une femme à cheval poursuit un homme et le fouette si elle parvient à le rattraper.

Lawschak (touva) : vêtement d'été.

Öreme (touva) : crème du lait.

Pürwü : la dernière grande chamane des Touvas, tante de l'auteur.

Schagaa (touva) : nouvel an suivant le calendrier lunaire ; tas de pierres sur lequel on allume un feu lors de la fête du nouvel an.

Scharbing (touva) : galette cuite dans la graisse.

Schyity : fusil.

Sogum (touva) : abattage du bétail pour les provisions d'hiver.

Sojanes (Blancs) : l'un des principaux groupes des Touvas avec les Sojanes Noirs et les Montschoogs Bleus.

Sumun (mongol) : unité administrative, plus petite qu'un *aïmak* ; canton.

Tajshy (touva) : terme utilisé pour désigner des enfants princiers ; prince, princesse

Tempête noire : tempête sans neige, mais accompagnée de froid.

Toega (touva) : vocable employé pour calmer les brebis pendant la traite.

Tokal (kazakh) : deuxième épouse.

Tonn (touva) : sorte de manteau pour la saison froide.

Toortschak (touva) : sorte de bonnet.

Urianchaï : minorité de l'Ouest de la Mongolie. Ce sont des Touvas qui ont abandonné leur langue maternelle pour parler le mongol.

Yourte (mongol) : habitation nomade d'Asie Centrale ; charpente en bois recouverte de feutre.

Cet ouvrage a été composé par
Atlant'Communication
aux Sables-d'Olonne (Vendée).

Achevé d'imprimer
en janvier 2005
sur les presses de l'imprimerie France-Quercy
113, rue André-Breton, 46001 Cahors

N° d'imprimeur : 51349/
Dépôt légal : mars 2005

Imprimé en France